PUCCINI
Turandot

オペラ対訳
ライブラリー

プッチーニ
トゥーランドット

小瀬村幸子=訳
髙崎保男=協力

音楽之友社

本シリーズは、従来のオペラ対訳とは異なり、原テキストを数行単位でブロック分けし、その下に日本語を充てる組み方を採用しています。ブロックの分け方に関しては、実際にオペラを聴きながら原文と訳文を同時に追うことが可能な行数を目安にしております。また本巻の訳文は、原文を伴う対訳という観点から、原文と訳文が対応していくよう努めて逐語訳にしてあります。その結果、日本語としての自然な語順を欠く箇所もありますが、ご了承ください。

目次

あらすじ 5

『トゥーランドット』対訳

第1幕 ATTO PRIMO ……………………………………………………9
　　北京の民よ！（役人）
　　　Popolo di Pekino!（Mandarino）………………………………10

　　［リューのアリア］
　　ご主人様、お聞きください！
　　　Signore, ascolta!（Liù）……………………………………27

　　［名を秘めた王子（カラフ）のアリア］
　　泣かないでくれ、リュー！
　　　Non piangere, Liù!（Il Principe ignoto）………………28

第2幕 ATTO SECONDO ………………………………………………35
第1場 **Quadro primo**
　　おい、パン！　おい、ポン！（ピン）
　　　Olà, Pang! Olà Pong!（Ping）……………………………36
第2場 **Quadro secondo**
　　厳かで、すごく大きく、貫禄あって（群衆）
　　　Gravi, enormi ed imponenti（La folla）…………………46

　　［トゥーランドットのアリア］
　　この宮殿に、いまや幾千年になる昔
　　　In questa Reggia, or son mill'anni e mille（Turandot）………50

第3幕 ATTO TERZO ……………………………………………………61
第1場 **Quadro primo**
　　トゥーランドット姫にあられてはこう仰せである（伝令役人たち）
　　　Così comanda Turandot（Araldi）…………………………62

[名を秘めた王子(カラフ)のアリア]
何人(なんぴと)も眠ってはならぬか!…
　Nessum dorma!... (Il Principe ignoto) ················63

[リューのアリア]
氷に包まれた貴女様
　Tu, che di gel sei cinta (Liù) ················74

第2場　**Quadro secondo**
　我らが皇帝陸下に万年の御歳を！（群衆）
　Diecimila anni al nostro Imperatore!（La folla）················84

[補1] ················85
[補2] ················95

訳者あとがき　　101

あらすじ

第1幕

　いつのころか、昔々の中国の都、北京のこと、暮れなずむ夕陽が赤く照り映える皇帝の居城前の広場に、物見高い群衆が集まっている。そこへ現れた役人がトゥーランドット姫の婿選びの条件は王族の子息で姫の問う三つの謎に正解すること、解けなければ斬首の刑に処すといつも通りに告げ、今宵はペルシャの王子が月の出とともに処刑されると宣する。刑の執行を見に行こうと群衆が押し合うなか、老人がころぶ。連れの若い女が助けを乞い、一人の青年が手を貸そうと近寄るが、三人は驚きの声をあげる。戦いに破れて国を追われ、身分を隠して流浪の旅をつづけるタタールの旧王ティムールとその女奴隷リュー、そしてやはり祖国を逃れ出た王子カラフがはからずも再会したのだった。三人が万感の思いを吐露しあう間、刑吏とその手下が姿を見せ、群衆は彼らを煽り、月の出を待ちわび、処刑を望む。ところが処刑場へと歩む若い罪人を目の当りにすると、群衆の心理は変わり、トゥーランドットに恩赦を乞う。王子も姫の酷さに反感を抱くが、高楼に見たそのあまりの美しさに魅了され、彼の思いはただ姫征服へと向かう。父と実は密かに王子を慕うリューは彼を思い止まらせようと、哀願し、すがり、またその場へ出現した宮廷の三人の大臣ピン、パン、ポンは北京から立ち去るようにと忠告し、諭し、さらには脅す。だが彼の姫への求婚の決意は揺るがない。恍惚として姫の名を叫びながら銅鑼を三度鳴らし、謎解きを願い出る。

第2幕

第1場　宮殿の一郭にある中国伝統の文様が描かれた天幕の亭。大臣のピン、パン、ポンがまたも行われる謎解きのために準備にかかるが、話は次第に中国の嘆かわしい現状におよぶ。すべてはトゥーランドットの婿選びの気紛れのせいであり、こんな具合ならいっそ懐かしい自分たちの故郷へ帰りたいと。だが彼らとて望みは姫が良き伴侶を見つけること、その実現の時を夢見るうち、謎解きの時刻がやってくる。

第2場　宮殿の広場。次第に広場は人々で埋めつくされ、皇帝も階の高みにお出ましとなり、王子の挑戦への意志が固いことから謎解きが始まる。

トゥーランドットは、出題に先立ち、遠い祖先のロ・ウ・リン姫の悲劇を語り、謎解きの試練を課すのは姫が異国の者に辱められて殺された仇を討つためであり、何人(なんびと)も自分を得ることはない、と冷ややかに告げる。いよいよ謎が出されると、王子は一つ、二つと正解し、ついに三つ目も解いてしまう。皇帝はじめ人々は歓喜するが、トゥーランドットは尊厳を奪われたと感じ、掟(おきて)の撤回を皇帝に乞うほどに絶望する。その姿に王子は再び命をかけて、今度は彼の側から謎を出す。それは夜明けまでに彼の名を言い当てよ、姫にそれができたら自分は死のうというもの。群衆の皇帝賛歌が湧き起こるなか、トゥーランドット、王子、皇帝、宮廷の人々はそれぞれの思いで夜明けを待つことになる。

第3幕

第1場 宮殿の庭園。夜のしじまに王子の名が知れるまで誰も寝てはならぬという触れの声が響く。一人、陶然として夜明けを待つ王子は、自分が勝利し、自分の口づけにトゥーランドットが愛に目覚めることを確信している。そこへ三人の大臣が女たちを従えて忍び寄り、このままではみんな首を切られてしまう、望みは何なりと叶えるから名を明かすか、北京を去るかしてくれと懇願する。果ては効のないのを見て脅しにかかる。そこへ王子と一緒にいたという理由でティムールとリューが捕えられてくる。トゥーランドットは拷問してでも二人に口を割らせよと命じ、リューは王子の名を知るのは自分だけと申し出るが、名はいわないと覚悟を示す。そうするのは愛のためとトゥーランドットに告げたのち、拷問に耐えかねるのを恐れて短剣を胸に突き立てる。悲しみと同情のうちに一同がリューの遺骸とともに去りゆく。トゥーランドットと二人きりになった王子は姫を叱責し、それから激しい口づけをする。すると彼女は一変、王子を初めから愛していたと涙する。歓喜した王子は自らの名を明かす。謎の解けたトゥーランドットは再び勝ち誇った態度になる。そのとき朝の儀式のラッパが響き、場面が変わる。

第2場 皇帝、宮廷の要人、民たちが埋めつくす宮殿前の広場。朝のバラ色の光のなか、カラフとともに現れたトゥーランドットはかたずをのんで耳を傾ける一同に告げる。この王子の名は「愛」と。カラフとトゥーランドットは抱き合い、全員の喜びの歌が湧き起こる。

トゥーランドット
TURANDOT

3幕5場のドランマ・リリコ

音楽=ジャコモ・プッチーニ Giacomo Puccini（1858-1924）
台本=ジュゼッペ・アダーミ Giuseppe Adami（1878-1946）
　　レナート・シモーニ Renato Simoni（1875-1952）
原作=カルロ・ゴッツィ Carlo Gozzi（1720-1806）
　　の寓話劇
最後の二重唱とフィナーレの補完=
フランコ・アルファーノ Franco Alfano（1876-1954）
作曲年=1920〜24年
初演=1926年4月25日，ミラノ・スカラ座
リブレット=リコルディ社の総譜に基づく

主要登場人物および舞台設定

トゥーランドット Turandot（中国の皇女）……………………ソプラノ
皇帝アルトゥム L'Imperatore Altoum（中国の皇帝、トゥーランドットの父帝）………………………………………………………………テノール
ティムール Timur（ダッタンの旧王）………………………………バス
名を秘めた王子、カラフ Il Principe ignoto, Calaf（ダッタンの旧王子）
………………………………………………………………………テノール
リュー Liù（ダッタンの宮廷に仕えていた女奴隷）…………ソプラノ
大臣たち I Ministri
　ピン Ping（大尚書官）……………………………………バリトン
　パン Pang（大宮内官）……………………………………テノール
　ポン Pong（大膳部官）……………………………………テノール
役人 Un mandarino……………………………………………バリトン

ペルシャの王子 Il principe di Persia
刑吏 Il carnefice

伝説時代の中国の北京にて　A Pekino - Al tempo delle favole

主要人物歌唱場面一覧

幕―場	1	2−1	2−2	3−1	3−2
トゥーランドット			●	●	●
皇帝アルトゥム			●		
ティムール	●			●	
名を秘めた王子、カラフ	●		●	●	●
リュー	●			●	
ピン	●	●		●	●
パン	●	●		●	●
ポン	●	●		●	●
役人	●		●		

第1幕
ATTO PRIMO

Le mura della grande Città Violetta: la Città Imperiale. Gli spalti massicci chiudono quasi tutta la scena in semicerchio. Soltanto a destra il giro è rotto da un grande loggiato tutto scolpito e intagliato a mostri, a liocorni, a fenici, coi pilastri sorretti dal dorso di massicce tartarughe. Ai piedi del loggiato, sostenuto da due archi, è un gong di sonorissimo bronzo.
Sugli spalti sono piantati i pali che reggono i teschi dei giustiziati. A sinistra e nel fondo, s'aprono nelle mura tre gigantesche porte. Quando si apre il velario siamo nell'ora più sfolgorante del tramonto. Pekino, che va digradando nelle lontananze, scintilla dorata. Il palazzo è pieno di una pittoresca folla cinese, immobile, che ascolta le parole di un Mandarino. Dalla sommità dello spalto, dove gli fanno ala le guardie tartare rosse e nere, egli legge un tragico decreto.

皇帝の居城である壮麗な紫禁城[注1]の城壁。がっしり堅固な斜堤が半円形をなしてほとんど背景全体を囲んでいる。右手のみ、壮大な高楼によって斜堤の囲みが切れており、その高楼はくまなく怪物、一角獣、鳳凰などで彫刻され、あるいは浮き彫りされ、堂々たる姿の亀の背の上に立てられた複数の柱がある。高楼の足元に、二連の迫持(せりも)ちに支えられた非常に大きな音をたてる銅鑼がある。
斜堤の上には棒が立てられ、それは処刑された者たちの首をのせている。城壁には左手と舞台奥に三箇所の巨大な門が開いている。幕が上がると舞台は日没の最も光の照り映える時間になっている。遠方へと霞んでいく北京の町は金色にまぶしく光っている。宮殿は絵のような、とりどりの色や服装をした中国人の群衆であふれ、身動きせず、その人々は役人の言葉に耳を傾けている。役人は、赤と黒の衣装のダッタン人の衛士が彼の両側に並んで立つ斜堤の高みから、残忍な触れを読み上げる。

MANDARINO 役人	Popolo di Pekino! 北京の民よ！ La legge è questa: 定めはこうある、 Turandot, la Pura, sposa sarà di chi, di sangue regio, spieghi i tre enigmi ch'ella proporrà. トゥーランドット清皇女にあられては かくある者の妃とならられん、王族の血筋にて かの方、出題あそばす三つの謎、解く者の。 Ma chi affronta il cimento e vinto resta, porga alla scure la superba testa! されど試練に挑みて敗るる者、 傲れる頭を斧にさし出すべし！
LA FOLLA 群衆	Ah! Ah! ああ！　ああ！　(○1)[注2]

[注1] Città Violetta (直訳では紫の町) の訳語として、紫の文字があるので中国の明・清朝の宮城の名である紫禁城を当てたが、この物語ではあくまでも架空の場所であり、実在の紫禁城を指すものではない。因みに北京にある現在の紫禁城はイタリア語でCittà Purpurea Vietata (直訳で〝禁じられた紅紫の地〟) といわれている。

MANDARINO 役人	Il principe di Persia avversa ebbe fortuna:	

ペルシャの王子は
運つたなくあった、

	al sorger della luna, per man del boia muoia! *(Il Mandarino si ritira e la folla rompe la sua immobilità con crescente tumulto)*	

よって月の出とともに
刑吏の手により
死さん！
(役人は遠ざかり、群衆はそれまでじっとしていたのから転じて騒然となる)

LA FOLLA 群衆	Muoia! sì, muoia! Noi vogliamo il carnefice! Presto, presto! Muoia! Muoia! Al supplizio! Al supplizio!	

死ぬがいい！　そうだ、死ぬがいい！
みんな首切り人を待ってるんだ！
早く、早くしろ！(○2)
死ぬがいい！　死ぬがいい！
処刑に！　処刑にしろ！

	Se non appari, noi ti sveglierem! Pu-Tin-Pao! Pu-Tin-Pao! *(Si slanciano verso la reggia)* Alla reggia! Alla reggia!	

出てこなけりゃ、みんなでおまえの目、覚ましてやる！(○3)
プ・ティン・パーオ！　プ・ティン・パーオ！
(王宮の方へ押し寄せる)
御殿へ！　御殿へ行こう！

GUARDIE 衛士たち	*(Respingono la folla. Nell'urto molti cadono)* Indietro, cani! *(Confuso vociare di gente impaurita. Urla. Proteste. Invocazioni)*	

(群衆を押し戻す。押し合いをするうちに多くの人が転ぶ)
さがれ、犬めら！
(怖がる人々の混乱した叫びが上がる。怒鳴り声。抗議の声。助けを求める声)(●1)

[注2]　この対訳はリコルディ版楽譜の台本によっているが、その前の段階での原台本があって出版もされている。この二つには台詞、ト書きともにかなりの相違があり、それを知るのはプッチーニの創作過程をうかがう意味で興味深いものがあると思われる。そこで本巻では(○1)から始まって順次(○114)まで両者の台詞のちがいを【補1】として、また(●1)から(●110)まで原台本からカットされたト書きを【補2】として、主だったものを巻末にまとめてみた。関心のある方はご参照いただきたい。

LA FOLLA 群衆	Oh, crudeli! Pel cielo, fermi!	
	ああ、ひどいぞ！ たのむから、やめろ！	
GUARDIE 衛士たち	Indietro, cani!	
	さがれ、犬めら！	
LA FOLLA 群衆	O madre mia! Ahi, i miei bimbi! Crudeli, fermi! Siate umani! Non fateci male!	
	お母ちゃん！ 痛い、あたしの子たちが！(○4) ひどいね、やめてよ！ 人間らしくしろ！ 痛めつけないでくれ！(○5)	
LIÙ リュー	*(disperatamente)* Il mio vecchio è caduto!	
	（無我夢中で） 連れの年寄りが転びました！	
	(girando intorno lo sguardo e supplicando) Chi m'aiuta a sorreggerlo? Il mio vecchio è caduto! Pietà, pietà!	
	（辺りに眼差しを向けながら、懇願して） 誰かこの人、起こすの手伝っては？ 年寄りが転んだのです！ どうか、お慈悲を！	
IL PRINCIPE **IGNOTO** 名を秘めた王子	*(Accorre. Riconosce il padre suo. Ha un grido)* Padre! Mio padre! O padre, sì, ti ritrovo! Guardami! Non è sogno!	
	（そばへ駆け寄る。自分の父親と知る。叫び声を上げる） 父上！ わたしの父上！ 父上よ、まさか、父上と再会するとは！ わたしをご覧に！ 夢ではない！(●2)	
LIÙ リュー	Mio signore!	
	あたしのご主人様！	

―― で繋がれた箇所は同時に歌われることを示している。ただし何人かが同時に歌う中にある語、ある語句が単独の歌唱になったり、ある人物が抜けたりする部分があり、それをすべて表記するには楽譜でないとあまりに煩雑になるため線を付したままにした場合もある。厳密さに欠けるが、ご了承いただきたい。

LA FOLLA 群衆	Perchè ci battete? ahimè! なんで、あたしらをぶつの？ ああ、もう！^(○6)
IL PRINCIPE IGNOTO 名を秘めた王子	Padre! Ascoltami! Padre! Son io! 父上！ お聞きください！^(●3) 父上！ わたしです！
	E benedetto sia il dolor per questa gioia che ci dona un Dio pietoso. *(Il coro si agita mormorando a bassa voce - le guardie reprimono e spingono indietro e in disparte il popolo)* 苦しみも祝福されてあれ、^(○7) 慈悲深い神が我らに賜るこの喜びゆえ。 （群衆、小声で文句を言い立てながら動き回り、衛士たちは人々を押さえつけ、後ろや脇へ押し戻す）
TIMUR ティムール	O mio figlio! tu! vivo? 我が息子よ！ そなた！ 生きててか？^(●4)
IL PRINCIPE IGNOTO 名を秘めた王子	*(con terrore)* Taci! Chi usurpò la tua corona me cerca e te persegue! Non c'è asilo per noi, padre, nel mondo! （ぎくりとして） お黙りに！^(●5) 父上の王座を簒奪した者が わたしを探し、あなたを追っております！ 我々のための寄る辺はないのです、 父上、この世に！
TIMUR ティムール	T'ho cercato, mio figlio, e t'ho creduto, morto! わしはそなたを探した、我が息子よ、 で、信じた、死んだものと！
IL PRINCIPE IGNOTO 名を秘めた王子	T'ho pianto, padre... e bacio queste mani sante!... わたしはあなたのため泣きました、父上… それがこの尊いお手に口づけするとは！…
TIMUR ティムール	O figlio ritrovato! 再会した息子よ！

LA FOLLA 群衆		Ecco i servi del boia! Muoia! Muoia! *(Dodici servi del boia escono a due a due - a distanza le coppie)*

そうら、刑吏の手下だぞ！ (● 6)
死ぬがいい！ 死んじまえ！
(十二人の刑吏の下役が二人ずつ組になって遠くに出てくる)(● 7)

TIMUR ティムール	Perduta la battaglia, vecchio Re senza regno e fuggente, una voce sentii che mi diceva:

戦いに敗れ
国なく、逃げまどう老いたる王の
わしはわしに呼びかける声を聞いた、

Vien con me, sarò tua guida...
Era Liù!

「あたしとおいでに、あなた様のお手引きとなりましょう…」
リューであった！

IL PRINCIPE IGNOTO 名を秘めた王子	Sia benedetta!

その女の感謝されてあれ！

TIMUR ティムール	Ed io cadeva affranto, e m'asciugava il pianto, mendicava per me!

で、わしは疲れはて倒れもした、(○ 8)
すると女はいつもわしの涙を拭ってくれ
わしのため物乞いをしてくれた！

IL PRINCIPE IGNOTO 名を秘めた王子	Liù, chi sei?

リュー、そなた、何者？(● 8)

LIÙ リュー	*(umilmente)* Nulla sono... Una schiava, mio signore...

(慎ましく)
つまらぬ者に… 奴隷にございます、ご主人様…

LA FOLLA 群衆	*(interno)* Gira la cote! Gira la cote! *(Entra un gruppo di servi del boia preceduto dai portatori della cote per arrotare la grande scimitarra del boia)*

(舞台裏で)
砥石を回せ！ 砥石を回せ！
(刑吏の大きな新月刀を研ぐための砥石の運び人たちが先に立ち、その後ろから刑吏の下役の一団が登場してくる)

IL PRINCIPE IGNOTO 名を秘めた王子	E perchè tanta angoscia hai diviso? またなぜ、これほどの苦労、共にしてきた？(○9)	
LIÙ リュー	Perchè un dì…nella reggia, mi hai sorriso. それはある日… 王宮で(●9) 貴方様があたしに微笑まれましたので。	
LA FOLLA 群衆	Gira la cote! Gira! 砥石を回せ！ 回せ！(●10)	
I SERVI DEL BOIA 刑吏の下役たち	*(selvaggio)* Ungi, arrota che la lama guizzi, sprizzi fuoco e sangue! Il lavoro mai non langue, dove regna Turandot! （野卑に） 油をぬれよ、研げよ、刃が 舞って、飛び散らすように、火花と血を！ このつとめ、ぜったい、不景気になるこたない、 トゥーランドット様、治めるところじゃあ！	
LA FOLLA 群衆	Dove regna Turandot! Dolci amanti, avanti, avanti! トゥーランドット様が治めるところじゃあ！ 色男たち、出といで、出ておいで！	
I SERVI DEL BOIA GLI UOMINI 刑吏の下役たち 男たち	Cogli uncini e coi coltelli, noi siam pronti a ricamar le vostre pelli! 鉤で、匕首で 俺たちゃ、飾ってやろうと待ちかまえてる、 おまえらの皮膚を！(○10)	
LA FOLLA 群衆	Chi quel gong percuoterà apparire la vedrà! Bianca al pari della giada, fredda come quella spada è la bella Turandot! あの銅鑼を打ち鳴らす奴、 姫が現れるのを見ることになる！(○11) 硬玉と同じに色白で あの太刀みたいに冷やっこい、 あの美しいトゥーランドット姫は！	

I SERVI DEL BOIA 刑吏の下役たち	Quando rangola il gong gongola il boia! 銅鑼が鳴りゃ、刑吏は悦に入る！　(●11)
LA FOLLA 群衆	Vano è l'amor se non c'è fortuna! 運がなきゃ、恋も無駄よ！
FOLLA e SERVI 群衆と刑吏の 下役たち	Gli enigmi sono tre, la morte è una. Quando rangola il gong gongola il boia! *(Mentre i servi si allontanano per recare al carnefice la spada affilata, la folla scruta il cielo che a poco a poco si è oscurato)* 謎が三つで、死が一つ。 で、銅鑼が鳴りゃ、刑吏は悦に入る！ （下役たちが研いだ太刀を刑吏のところへ持っていくために遠ざかり、その間、群衆は次第に暗くなってきた空を注意深く眺める）
LA FOLLA 群衆	Perchè tarda la luna? Faccia pallida! Mostrati in cielo! Presto! Vieni! Spunta! なぜ月は遅れてるの？ 青白い顔よ！ 天に現れてくれ！ 早く！来てくれ！出てきてちょうだい！
	O testa mozza! O squallida! Vieni! O esangue! O taciturna! O amante smunta dei morti! 体のない頭よ！　[注3] 青白いお身よ！　来てくれ！ 血の気ないお身よ！　何もいわないお身よ！ ほの白い、死人たちの憧れよ！
	Come aspettano il tuo funereo lume i cimiteri! どれほどお身のしめやかな光、待っているか、 墓場が！
	Ecco laggiù un barlume!... Vieni presto! そうら、あそこに、ほのかな明るさが！… 来てくれ、早く！

[注3] 丸い月を擬人化し、茶化して、あるいは親しみを込めて、顔だけ、頭だけのものと呼び掛けている。

(Qui la luna comincia a splendere)
Ecco laggiù un barlume dilaga in cielo
la sua luce smorta!
Pu-Tin-Pao!
La Luna è sorta!

（ここで月が輝き始める）

そら、あそこだ、ほのかな明るさを空に広げていく、
月の薄青い光が！
プ・ティン・パーオ！（●12）
月が出た！（●13）

RAGAZZI
子供たち

(interni, avvicinandosi)
Là, sui monti dell'est,
la cicogna cantò.
Ma l'april non rifiorì,
ma la neve non sgelò.

（舞台裏で、次第に近づいてきながら）

向こうの東の山々で
こうのとり鳴いた。
けれど四月に花かえりこず
雪もとけてない。

Dal deserto al mar non odi tu
mille voci sospirar:
Principessa, scendi a me!
Tutto fiorirà, tutto splenderà!
Ah!...
(L'oro degli sfondi s'è mutato in argento. Appare il corteo che conduce al patibolo il giovine principe di Persia. Alla vista della vittima che procede pallida e trasognata, la ferocia della folla si tramuta in pietà)

砂漠の方から海の方までおまえ様に聞こえぬか、
こうたくさん声々ささやくの、
「姫さま、ここへお出ましください！
みな花咲きましょう、みな輝きましょう！」
ああ…

（遠景の金色が銀色に変わっている。ペルシャの若い王子を処刑台へ導く行列が現れる。青ざめ、夢うつつで進んでくる生贄(いけにえ)を見ると、群衆の残忍さは同情に変わる）（●14）

LA FOLLA
群衆

O giovinetto!
Grazia! Grazia!

お若いさん！
恩赦を！ 恩赦を！

Com'è fermo il suo passo!
Com'è dolce il suo volto!
Ha negli occhi l'ebbrezza!
Ha negli occhi la gioia!

あれの足取りはなんてしっかりしてる！
あれの顔つきはなんて柔和だ！
うっとりしてるのが目に浮かんでる！
喜んでるのが目に浮かんでる！

IL PRINCIPE IGNOTO
名を秘めた王子

Ah, la grazia!

ああ、恩赦を！(○12)

LA FOLLA
群衆

Pietà di lui! Pietà!
Principessa! Grazia! Pietà!

あの人にお慈悲を！ お慈悲を！
姫様！ 恩赦を！ お慈悲を！

IL PRINCIPE IGNOTO
名を秘めた王子

Ch'io ti veda e ch'io ti maledica!
Crudele!

貴女を目にしたいもの、そして貴女を罵りたいもの！
酷いお人よ！(●15)

LA FOLLA
群衆

Principessa! Pietà!
(Il popolo, rivolto al loggiato dove apparirà Turandot. Appare Turandot, come una visione. Un raggio di luna la investe. La folla si prostra. In piedi sono soltanto il Principe di Persia, il Principe e il boia gigantesco)

姫様！ お慈悲を！
（民衆、トゥーランドットが現れるはずの高楼の方を向いている。トゥーランドットが幻のように現れる。月の光が彼女をとらえる。群衆、平伏す。ペルシャの王子と名を秘めた王子と巨体の刑吏のみが立っている）

LA FOLLA
群衆

Principessa! La grazia!
(Turandot ha un gesto imperioso e definitivo. È la condanna. Il corteo si muove)

姫様！ 恩赦を！
（トゥーランドットは尊大な、揺るぎない態度である。それは処刑を意味する。行列が動いていく）

IL PRINCIPE IGNOTO
名を秘めた王子

(abbacinato dalla visione di Turandot)
O divina bellezza, o meraviglia! O sogno!

（トゥーランドットの姿に幻惑されて）
神々しき美女よ、奇跡よ！ 夢よ！(●16)

SACERDOTI BIANCHI DEL CORTEO 行列の白衣の 僧たち	*(Il corteo è uscito lungo gli spalti)* O gran Koung-tzè! Che lo spirto del morente giunga fino a te! *(Ora nella penombra del piazzale deserto restano soli il Principe, Timur e Liù. Il padre angosciosamente si avvicina al figlio, lo richiama, lo scuote)* （行列、斜堤沿いに出ていってしまう） 大いなる孔子よ！ 死にゆく者の霊が御許までまいりますことを！ （今、広場の薄暗がりには王子、ティムール、リューのみが残っている。父親、不安に駆られて息子に近づき、声をかけ、揺する）（●17）
TIMUR ティムール	Figlio che fai? 息子よ、何をしておる？
IL PRINCIPE IGNOTO 名を秘めた王子	Non senti? Il suo profumo è nell'aria! è nell'anima! 感じぬと？ あのお人の香があたりに立ち込めています！ 心に立ち込めています！
TIMUR ティムール	Ti perdi! 身を滅ぼすぞ！
IL PRINCIPE IGNOTO 名を秘めた王子	O divina bellezza, o meraviglia! Io soffro, padre, soffro! 神々しき美女よ、奇跡よ！ わたしは苦しい、父上、わたしは苦しい！
TIMUR ティムール	No! No! Stringiti a me! Liù, parlagli tu! Qui salvezza non c'è! Prendi nella tua mano la sua mano! いかん！ いかん！ わしにすがるのだ！ リュー、おまえからあれに言ってやってくれ！ ここに救いはない！ おまえの手にあれの手を取ってやってくれ！
LIÙ リュー	Signore! Andiam lontano! ご主人様！ 遠くへまいりましょう！
TIMUR ティムール	La vita c'è laggiù! 生きる道は彼方にある！

IL PRINCIPE IGNOTO 名を秘めた王子	Quest'è la vita, padre!	
	これが生きる道です、父上！	
TIMUR ティムール	La vita c'è laggiù!	
	生きる道は彼方にある！	
IL PRINCIPE IGNOTO 名を秘めた王子	Io soffro, padre, soffro!	
	わたしは苦しい、父上、苦しいのです！	
TIMUR ティムール	Qui salvezza non c'è!	
	ここに救いはないぞ！	
IL PRINCIPE IGNOTO 名を秘めた王子	La vita, padre, è qui! Turandot! Turandot! Turandot!	
	生きる道は、父上、ここなのです！(●18) トゥーランドット！ トゥーランドット！ トゥーランドット！	
IL PRINCIPE DI PERSIA ペルシャの王子	*(come ad invocazione suprema)* Turandot!	
	（崇高な祈りのように） トゥーランドット！(●19)	
LA FOLLA 群衆	*(grido acuto)* Ah!	
	（鋭い叫び声） ああ！（○13）	
TIMUR ティムール	Vuoi morire così?	
	あのように死にたいのか？	
IL PRINCIPE IGNOTO 名を秘めた王子	Vincere, padre, nella sua bellezza!	
	勝つのです、父上、あのお人の美しさをかけて！（○14）	
TIMUR ティムール	Vuoi finire così?	
	あのように終わりたいのか？（○15）	
IL PRINCIPE IGNOTO 名を秘めた王子	Vincere gloriosamente nella sua bellezza! *(Si slancia verso il Gong; le tre maschere gli sbarrano la strada)*	
	勝つのです、見事に あのお人の美しさをかけて！ （銅鑼の方へ突進する、三人の仮面の男［注4］が彼の行く手を遮る）(●20)	

I MINISTRI 大臣たち （ピン、パン、ポン）	*(circondando e trattenendo il Principe)* Fermo! che fai? T'arresta! Chi sei? Che fai? Che vuoi? Va' via! Va', la porta è questa della gran beccheria!

（王子を囲み、引き留めながら）

とまれ！ 何する？ やめろ！

貴様、誰だ？

何をする？

何が望みだ？

立ち去れ！行け、これは入り口、

大屠殺場のな！

Pazzo, va' via!

戯けめ、立ち去れ！

Qui si strozza!
Si trivella!
Si sgozza!
Si spella!
Si uncina e scapitozza!
Si sega e si sbudella!

ここは首を絞める！

喉をかっ切る！

錐でもむ！

皮をはぐ！

鉤に引っかけ頭をちょんぎる！

鋸引きして腸を出す！

[注4] 仮面の男たちとはmaschereを直訳したもので、maschera（maschereは複数形）は本来仮面を意味するが、ここではイタリア伝統の即興喜劇、コンメディア・デッラルテの登場人物という意味に使われている。コンメディア・デッラルテでは登場人物の多くが仮面をつけて舞台に現れたからである。16世紀半ばごろ、それまで封建諸侯や貴族・貴紳がパトロンとして彼らの館などで催していた芝居が次第に人気が高まり、独立した職業人としての役者が誕生するようになり、彼らは一般人を対象に自らの興行をする一座をかまえ、即興喜劇を演じた。これがコンメディア・デッラルテ（Commedia dell'Arte）であり、芸人集団による「芸見せ喜劇」といったところだろうか。ここでの喜劇は台本はなく、定型的な何人かの登場人物を設定して、役者はそのうちから自分の専門の役を持ち、役の特徴を表わす服装と多くの場合仮面をつけて、踊り、歌、アクロバットなどを交えながら、あらすじに従って即興喜劇を展開した。17世紀半ばまで、イタリアばかりか、マドリッド、ロンドン、パリ、ウィーンの宮廷を喜ばすほどの人気を博したが、その後、新味のない筋、悪ふざけの過ぎる道化などが飽きられ、次第に衰えた。仮面の男たち、ピン、パン、ポンは、直接コンメディア・デッラルテの定型的人物の名を冠されていないが、ゴッツィの原作で彼らに相当する人物三人はパンタローネ（Pantalone）、タルタリア（Tartaglia）、ブリゲッラ（Brighella）と、コンメディア・デッラルテの人物そのままの名前になっている。

Sollecito, precipite, al tuo paese torna
in cerca d'uno stipite per romperti le corna!
Ma qui no, ma qui no!

早く、急いで、貴様の国へ帰って
門柱なぞ探して貴様の角をぶっつけ折ってしまえ！
だが、ここではならぬ、ここでは、ならぬ！

Pazzo, va' via!

戯けめ、立ち去れ！

IL PRINCIPE IGNOTO
名を秘めた王子

(cercando aprirsi il varco)
Lasciatemi passare!

（通り抜けようとしながら）
通していただこう！

PONG
ポン

Qui tutti i cimiteri sono occupati!

ここはすべての墓場がふさがりおる！

PANG
パン

Qui bastano i pazzi indigeni!

ここには自国の戯け者で十分ぞ！

PING
ピン

Non vogliam più pazzi forestieri!

我ら、さらなる異国の戯けはいらぬ！

PONG e PANG
ポンとパン

O scappi, o il funeral per te s'appressa!

逃げるか、あるいは貴様の葬儀が近づくかだ！

IL PRINCIPE IGNOTO
名を秘めた王子

Lasciatemi passar!

通していただこう！

PONG e PANG
ポンとパン

Per una Principessa! Peuh!

ひとりの皇女のためにか！　やれやれ！（○16）

PONG
ポン

Che cos'è?

あれは何だ？

PANG
パン

Una femmina colla corona in testa!

頭に冠いただくひとりの女！

PONG
ポン

E il manto colla frangia!

それに房飾りのマント！

PING
ピン

Ma se la spogli nuda...

だが衣をはぎとり裸にすりゃ…

PONG ポン	È carne! 肉ぞ！	

PANG パン	È carne cruda! 生の肉ぞ！	

I MINISTRI 大臣たち	È roba che non si mangia! Ah, ah, ah! 食えぬ代物よ！ は、は、は！（○17）	

IL PRINCIPE IGNOTO 名を秘めた王子	*(con impeto)* Lasciatemi passare! （勢い込んで） 通していただこう！	

PING ピン	*(con calma e dignità comica)* Lascia le donne! （静かに、そしておどけた仰々しさで） 女とは縁を切れ！	

O prendi cento spose, che, in fondo
la più sublime Turandot del mondo
ha una faccia,
due braccia, e due gambe, sì,
belle, imperiali, sì, sì,
belle, sì, ma sempre quelle!

　でなくば百人嫁をとれ、というも、とどのつまり
　この世のもっとも尊きトゥーランドットとて
　顔が一つで
　腕が二本に足が二本、さよう、
　美しく、皇女のものだが、さよう、
　美しい、さよう、だがそのものに変わりない！

Con cento mogli, o sciocco,
avrai gambe a ribocco!
Duecento braccia, e cento dolci petti
sparsi per cento letti!

　百人嫁がおれば、馬鹿者め、
　ありあまる足を持てようぞ！
　二百本の腕に百の柔らな胸を
　百の褥(しとね)に侍らせてな！

I MINISTRI 大臣たち	*(sghignazzando, trattenendo sempre il Principe)* Per cento letti! Ah, ah!	

（声高に嘲笑し、相変わらず王子を引き留めながら）
百の褥にな！ は、は！ (○18)

IL PRINCIPE IGNOTO 名を秘めた王子	*(con violenza)* Lasciatemi passar!	

（荒々しく）
通していただこう！

I MINISTRI 大臣たち	Pazzo, va' via! va' via! *(Un gruppo di fanciulle si affaccia alla balaustrata della loggia imperiale: protendono le mani per far cessare lo schiamazzo)*	

愚か者め、立ち去れ！ 立ち去れ！ (○19)
（数人の乙女が王宮の高楼の欄干に顔を出す、騒ぎをやめさせるために手を差し伸べる）

LE ANCELLE トゥーランドット の侍女たち	Silenzio, olà! Laggiù chi parla?	

静かに、これ！
そこで誰が話していますか？

Silenzio! È l'ora dolcissima del sonno!

静かに！ いとも穏やかな眠りの時ですよ！

Il sonno sfiora gli occhi di Turandot!
Si profuma di lei l'oscurità!

眠りがトゥーランドット様のお目にそっと触れています！
闇はかのお方の香に香っておりましょう！

I MINISTRI 大臣たち	Via di là, femmine ciarliere! *(Le ragazze si ritirano)*	

そこから消えろ、しゃべくり女どもめ！ (○20)
（乙女たち、退く）

I MINISTRI 大臣たち	Attenti al gong!	

銅鑼に気をつけろ！ (●21)

IL PRINCIPE IGNOTO 名を秘めた王子	Si profuma di lei l'oscurità!	

闇はあのお人の香に香っている！

I MINISTRI 大臣たち	Guardalo, Pong! Guardalo, Ping! Guardalo, Pang!	

あれを見なされ、ポン！ (●22)
あれを見なされ、ピン！
あれを見なされ、パン！

>
> È insordito! Intontito!
> Allucinato!
>
> 耳が聞こえぬ！　頭がぼんやり！
> 目はうつろ！

TIMUR
ティムール

Più non li ascolta, ahimè!

もはやあの者らに耳をかさぬ、情けない！　(●23)(○21)

I MINISTRI
大臣たち

Su! Parliamogli in tre!

さてと！　三人にてあれに話して聞かすか！

>
> *(Le maschere si aggruppano intorno al Principe in pose grottesche)*
> Notte senza lumicino...
> gola nera d'un camino...
> son più chiare degli enigmi di Turandot!
>
> （仮面の男たち、王子の回りに寄り集まり、奇妙でおかしな身ぶりをして）
> 灯火ひとつない夜も…
> 煙突の黒い筒も…
> トゥーランドットの謎より明るいぞよ！

>
> Ferro, bronzo, muro, roccia...
> l'ostinata tua capoccia...
> son men duri degli enigmi di Turandot!
>
> 鉄も、青銅も、壁も、岩も…
> おまえの頑固なカボチャ頭も…
> トゥーランドットの謎より固くないぞよ！

>
> Dunque va'!
> Saluta tutti!
> Varca i monti, taglia i flutti!
> Sta alla larga degli enigmi di Turandot!
>
> なれば、行け！
> みなに別れを告げよ！
> 山をこえ、波をわたれ！
> トゥーランドットの謎から遠くなれ！

I FANTASMI
亡霊たち

(sugli spalti appariscono e scompariscono le ombre dei morti per Turandot)
Non indugiare!
Se chiami, appare quella che,
estinti ci fa sognare!

（斜堤の上にトゥーランドットのために死んだ者たちの亡霊が現れ、消える）(●24)
ためらうのでない！
そなたが呼べば、あの方が姿現される、
息絶えた我らになお夢見させるあの方が！

Fa ch'ella parli!
Fa che l'udiamo!
Io l'amo! Io l'amo!

あのお人が言葉発するよう、なしてくれ！
我らがあのお人の声聞けるよう、なしてくれ！
わたしはあの方を愛している！ あのお人を愛している！

IL PRINCIPE IGNOTO
名を秘めた王子

(con viva reazione)
No! No! Io solo, l'amo!

（強く反発して）
いや！ いいや！ わたしだけがあのお人を愛するのだ！

I MINISTRI
大臣たち

L'ami? Che cosa? Chi?
Turandot? Ah, ah, ah!

あのお人を愛する？ 何をだ？ 誰をだ？(●25)
トゥーランドットを？ は、は、は！

PONG
ポン

O ragazzo demente!

血迷うた若者よ！

PANG
パン

Turandot non esiste!

トゥーランドットは存在せぬ！

PING
ピン

Non esiste che il Niente,
nel quale ti annulli!...

無のほかは存在せず
その中で貴様は無になるぞよ！…

PONG e PANG
パンとポン

Turandot non esiste!

トゥーランドットは存在せぬ！

PING
ピン

Turandot! come tutti quei
citrulli tuoi pari!
L'uomo! Il Dio! Io! I popoli! I sovrani...Pu-Tin-Pao...

トゥーランドットを！ あのすべての
貴様と同じ間抜けのようにな！(○22)
人間！ 神！ 吾！ 民！ 君主… プ・ティン・パーオ…

I MINISTRI
大臣たち

Non esiste che il Tao!

道のほかは存在せぬ！[注5]

[注5] 道（どう）とはTaoの訳だが、道教の中心概念をさす。老子と荘子に始まる道教は、無為・自然を旨とする生活が宇宙の根本原理である道と調和した幸せな生へ到達すると考える。

IL PRINCIPE IGNOTO 名を秘めた王子	*(divincolandosi dalle maschere)* A me il trionfo! A me l'amore! *(Fa per slanciarsi verso il gong, ma il boia appare in alto sul bastione colla testa mozza del Principe di Persia)* （仮面の男たちから身をよじらせながら） わたしに勝利を！　わたしに愛を！（○23） （銅鑼の方へ突進しようとする、が、稜堡の高みにペルシャの王子の切り落とされた頭を持った刑吏が現れる）
I MINISTRI 大臣たち	Stolto! Ecco l'amore! 愚か者め！　そらあそこに、愛が！（○24）（●26） Così la luna bacerà il tuo volto! ああして月が貴様の顔に口づけすることになる！
TIMUR ティムール	*(con supplica disperata)* O figlio, vuoi dunque ch'io solo, ch'io solo trascini pel mondo la mia torturata vecchiezza? （必死に哀願して）（●27） 息子よ、なればそなた望むのか、わしが一人、（○25） わしが一人この世でひきずりゆくのを、 痛めつけられたわしの老いの身を？ Aiuto! Non c'è voce umana che muova il tuo cuore feroce? 助けを！　人の声はないものか、（○26） そちの猛る心を動かす声は？
LIÙ リュー	*(avvicinandosi al Principe, supplichevole, piangente)* Signore, ascolta! Ah, signore, ascolta! （王子に近寄り、涙ながらに哀願して） ご主人様、お聞きください！ どうか、ご主人様、お聞きください！ Liù non regge più! Si spezza il cuor! リューはもう耐えられません！ 胸が張り裂けます！

Ahimè, ahimè, quanto cammino
col tuo nome nell'anima,
col nome tuo sulle labbra!

あゝ、悲しくも、どれほどの道のりを、
貴方様のお名を心に
貴方様のお名を唇に上(のぼ)せながら！

Ma se il tuo destino
doman sarà deciso,
noi morrem sulla strada dell'esilio!

ですがもし貴方様の運命が
明日、決まりますようなら
あたしたちは流浪の道すがら果てましょう！

Ei perderà suo figlio...
io...l'ombra d'un sorriso!

あのお方はご子息を失われ…
あたしは… 微笑みの面影を！

Liù non regge più!
Ah, pietà!
(Si piega a terra, sfinita, singhiozzando)

リューはもう耐えられません！
あゝ、後生です！（○27）
（精魂つきはて、すすり泣きながら地にくずおれる）

IL PRINCIPE IGNOTO
名を秘めた王子

(avvicinandosi a Liù con commozione)
Non piangere, Liù!

（心を動かされてリューに近づきながら）
泣かないでくれ、リュー！

Se in un lontano giorno io t'ho sorriso,
per quel sorriso, dolce mia fanciulla,

遠い日、わたしがそなたに微笑んだのなら
その微笑みのゆえに、優しい娘よ、

m'ascolta: il tuo signore
sarà domani, forse solo al mondo...
Non lo lasciare, portalo via con te!

聞いてくれ、そなたの仕える主人は
明日、恐らく、この世に一人となるだろう…
彼を見捨てないでくれ、彼をともにたずさえていってくれ！

LIÙ
リュー

Noi morrem sulla strada dell'esilio!

あたしたちは流浪の道すがら果てましょう！（○28）

TIMUR ティムール	Noi morrem!	
	わしらは果てよう！(○29)	
IL PRINCIPE IGNOTO 名を秘めた王子	Dell'esilio addolcisci a lui le strade!	
	彼のため流浪の道々をいたわってやってくれ！	
	Questo, questo, o mia povera Liù,	
	これを、これを、けなげなリューよ、	
	al tuo piccolo cuore che non cade chiede colui che non sorride più... che non sorride più!	
	挫けることないそなたの小さな心に 求めている、もはや微笑むことない者が… もはや微笑むことのない者が！	
TIMUR ティムール	*(disperatamente)* Ah! per l'ultima volta!	
	(絶望的に) ああ！ これを最後に！(○30)	
LIÙ リュー	Vinci il fascino orrible! *(Le Maschere, ch'erano appartate, si riavvicinano)*	
	空恐ろしい誘惑に勝ってくださいませ！ (仮面の男たち、退いていたのがまたも近づく)	
I MINISTRI 大臣たち	La vita è così bella!	
	生きるは大いに素晴らしいぞよ！	
TIMUR ティムール	Abbi di me pietà!	
	わしに哀れみを抱いてくれ！	
LIÙ リュー	Abbi di Liù pietà! Signore, pietà!	
	リューに哀れみをお持ちください！ ご主人様、どうか！	
I MINISTRI 大臣たち	*(tentando con ogni sforzo di trascinarlo via)* Non perderti così! Afferralo, portalo via! Trattieni quel pazzo furente! Folle tu sei! La vita è bella!	
	(夢中になって王子を引っ張っていこうとしながら) このように破滅すまいぞ！ この男をつかまえろ、連れ去れ！(●28) この猛る気違いめを引き留めろ！ 貴様、無分別ぞ！(●29) 生きるは素晴らしいのだ！	

TIMUR ティムール	Abbi di me, di me pietà! Non posso staccarmi da te! Non voglio staccarmi da te! Pietà! Mi getto ai tuoi piedi gemente! Abbi pietà! Non voler la mia morte!	
	わしに哀れみを抱いてくれ！　（●30） そなたから離れるわけにいかぬ！ そなたから離れはしないぞ！ 後生だ！そなたの足許に身を投げよう、 呻吟しながら！　哀れみを抱いてくれ！ わしの死を望まんでくれ！	
LIÙ リュー	Signore, pietà! Pietà di Liù, Signore!	
	ご主人様、どうか！ リューに哀れみを、ご主人様！	
IL PRINCIPE **IGNOTO** 名を秘めた王子	Son io che domando pietà! Nessuno più ascolto!	
	哀れみを乞うのはこのわたしだ！ もはや誰の言うことも聞かぬ！	
	Io vedo il suo fulgido volto! La vedo! Mi chiama! Essa è là! Il tuo perdono chiede colui che non sorride più!	
	わたしにはあのお人の輝く顔が見える！ あの人が見える！　わたしを呼んでいる！ あの人があそこにいる！ あなたの許しを乞うています、（○31） もはや微笑むことのない者は！	
PING ピン	Su, un ultimo sforzo, portiamolo via!	
	さあ、最後の頑張りぞ、こいつを連れ去ろう！	
I MINISTRI 大臣たち	Portiamolo via!	
	こいつを連れ去ろう！	

IL PRINCIPE IGNOTO 名を秘めた王子	Lasciatemi: ho troppo sofferto! La gloria m'aspetta laggiù! *(Il gong si illumina)* 　放してくれ、 　わたしはあまりに苦しんできた！ 　あそこで栄光がわたしを待っている！ 　（銅鑼が照り映える） Forza umana non c'è che mi trattenga! Io seguo la mia sorte! 　わたしを引き留めるほどの人力はない！ (○32) 　わたしは自らの運命にしたがう！
TIMUR ティムール	Tu passi su un povero cuore che sanguina invano per te! Nessuno ha mai vinto, nessuno! Su tutti la spada piombò! 　そなたは哀れな胸を踏みこえゆくのか、(○33) 　この胸はそなたのため血流しても虛しいのか！ (○34) 　誰もけして勝利せなんだった、誰もだ！ (○35) 　太刀はすべての者のうえに降りおりたのだぞ！ (○36) Mi getto ai tuoi piedi! Non voler la mia morte! La morte! La morte! La morte! 　わしはそなたの足許に身を投げる！ (○37) 　わしの死を望まんでくれ！ (○38) 　死ぞ！　死ぞ！　死ぞ！
LIÙ リュー	Ah! Pietà! Pietà di noi! Se questo suo strazio non basta, signore, noi siamo perduti! Con te! 　ああ！　哀れみを！　あたしたちに哀れみを！ 　この方のお苦しみがこれで足らぬとあれば 　ご主人様、あたしどもは終わりです！　貴方様とともに！ Ah fuggiamo, signore, fuggiamo! *(disperatamente)* La morte! La morte! La morte! 　ああ、逃げましょう、ご主人様、逃げましょう！ 　（絶望的に） 　死です！　死です！　死です！

I MINISTRI 大臣たち	Il volto che vedi è illusione! La luce che splende è funesta! Tu giochi la tua perdizione, tu giochi la testa, la morte!	
	貴様の見るかんばせは幻ぞ！(●31) 輝くあの光は忌まわしい！ 貴様は貴様の破滅を賭けるのだぞ、 貴様は頭を賭けるのだぞ、死をな！	
	C'è l'ombra del boia laggiù! Tu corri alla rovina! La vita non giocar! La morte! La morte! La morte!	
	あそこには刑吏の影がある！ 貴様は滅びへと急いでいる！ 命を賭けるでない！ 死だ！ 死だ！ 死だ！	
IL CORO 合唱 (○39)	La fossa già scaviam per te che vuoi sfidar l'amor! Nel buio c'è segnato, ahimè, il tuo crudel destino! Ah!	
	墓穴はすでにおまえのため我らが掘っている、 愛に挑もうとするおまえのため！ 闇の世に記されているぞ、痛ましや、 おまえの酷い運命は！ ああ！	
IL PRINCIPE IGNOTO 名を秘めた王子	*(con ebbra violenza, svincolandosi)* Son tutto una febbre, son tutto un delirio! Ogni senso è un martirio feroce! Ogni fibra dell' anima ha una voce che grida: Turandot! Turandot! Turandot! *(Batte i tre colpi al gong)*	
	（我を忘れて激し、身を振りほどきながら）(○40) わたしは全身すべて熱情、わたしは全身すべて渇望！ いずれの感覚も激しい責め苦だ！ 心の琴線いずれもが 一つの語を抱き、それを叫んでいる、(●32) トゥーランドット！ トゥーランドット！ トゥーランドットと！ （名を秘めた王子、三度、銅鑼を叩く）	

I MINISTRI **大臣たち**	E lasciamolo andar! Inutile è gridar in sanscrito, in cinese, in lingua mongola! Quando rangola il gong, la morte gongola! *(Fugge sghignazzando)* Ah, ah, ah! *(Il Principe è rimasto estatico ai piedi del gong. Timur e Liù si stringono insieme, disperati)* それなら奴は勝手にさせおこう！ 叱っても無駄ぞ、 梵語なれ、支那語なれ、蒙古語なれ！ 銅鑼が鳴れば、死が悦に入る！ （声高に嘲笑しながら逃げる）(●33) は、は、は！ （王子、恍惚として銅鑼の下に留まっている。ティムールとリュー、絶望して互いに抱き合う）

第2幕
ATTO SECONDO

QUADRO PRIMO 第1場

Appare un padiglione formato da una vasta tenda tutta stranamente decorata da simboliche e fantastiche figure cinesi. La scena è in primissimo piano ed ha tre aperture: una centrale e due laterali.
Ping fa capolino dal centro. E rivolgendosi prima a destra, poi a sinistra, chiama i compagni. Essi entrano seguiti da tre servi che reggono ciascuno una lanterna rossa, una lanterna verde e una lanterna gialla, che poi depongono simmetricamente in mezzo alla scena sopra un tavolo basso, circondato da tre sgabelli. I servi quindi si ritirano nel fondo, dove rimangono accovacciati.

全体に中国の象徴的で幻想的な模様が奇妙に描かれた大きな天幕で作られた亭(ちん)が見える。亭の装置は舞台のごく前面に位置し、出入り用の開口部が三個所、中央に一つと両側にある。ピンが中央から顔をのぞかせる。それから先ず右、次いで左の開口部に向かって仲間を呼ぶ。彼らは三人の召使を従えて登場してくる。召使はそれぞれ赤、緑、黄の角灯を持っているが、それを場面の真中の、三脚の床几(しょうぎ)に囲まれた低いテーブルの上に整然と並べて置く。召使たちはそのあと舞台奥へ引き下がり、そこでしゃがみこんでいる。

PING Olà, Pang! Olà, Pong!
ピン *(misteriosamente)*
Poiché il funesto gong
desta la Reggia e desta la città,
siam pronti ad ogni evento:

おい、パン！ おい、ポン！
(曰くありげに)
なにせあの忌わしい銅鑼が
御殿を目覚ませ、町を目覚ませるとあれば
我らそれぞれの首尾に備えておこう、

se lo straniero vince, per le nozze,
e s'egli perde, pel seppellimento.

あの異国の者が勝てば、婚礼のため、
またあの者が負ければ、埋葬のためと。

PONG *(gaiamente)*
ポン Io preparo le nozze!

(陽気に)
それがし、婚礼を準備する！

PANG *(cupamente)*
パン Ed io le esequie!

(沈んで)
で、あたしは葬儀を！

PONG Le rosse lanterne di festa!
ポン
祝いの赤い提灯を！

PANG パン	Le bianche lanterne di lutto! 弔いの白い提灯を！	
PANG e PONG パンとポン	Gli incensi e le offerte... 香と供物を…	
PONG ポン	Monete di carta dorate... 金紙のお金を…	
PANG パン	Thè, zucchero, noci moscate! 茶、砂糖、麝香胡桃を！	
PONG ポン	Il bel palanchino scarlatto! 緋色のみごとな輿を！	
PANG パン	Il feretro grande ben fatto! 大きな上出来の柩を！	
PONG ポン	I bonzi che cantano... 祝い唱える坊主を…	
PANG パン	I bonzi che gemono... 悔み唱える坊様を…	
PONG e PANG ポンとパン	E tutto quanto il resto, secondo vuole il rito... minuzioso, infinito! さらに残りあとすべて 儀式の求めにのっとって… 細かに、数限りなく！	
PING ピン	*(tenendo alte le braccia)* O China, o China, che or sussulti e trasecoli inquieta, come dormivi lieta, gonfia dei tuoi settantamila secoli! （両腕を高く差し上げて） 中国よ、中国よ、おまえは今 静けさなく、おののき、そして肝つぶしている、 かつてはどれほど安穏に眠っていたことか、 おまえの七万になる世紀を誇り！	

I MINISTRI 大臣たち	Tutto andava secondo l'antichissima regola del mondo.
	すべて運んでいたものを、 世のいと古き定めにしたがって。
	Poi nacque Turandot...
	ところがトゥーランドット姫が誕生され…
PING ピン	E sono anni che le nostre feste si riducono a gioie come queste:
	そして何年にもなる、我らの祭りが こんな風な喜びになりさがってより、
PONG ポン	tre battute di gong,
	三回の銅鑼叩き、
PANG パン	tre indovinelli,
	三つの謎、
PING ピン	e giù teste!
	そして首がころん！
PONG ポン	e giù teste! *(Siedono tutt'e tre presso il piccolo tavolo sul quale i servi hanno deposto dei rotoli. E di mano in mano che enumerano, sfogliano or l'uno or l'altro papiro)*
	そして首がころん！ (三人とも召使たちが何本かの巻物を乗せておいた小さな机のところに座る。そして次々に文書を取り上げ、一つ、また一つと広げて目を通す) (○41)
PANG パン	L'anno del topo furon sei.
	子の年は六人だった。
PONG ポン	L'anno del cane furon otto.
	戌の年は八人だった。
I MINISTRI 大臣たち	Nell'anno in corso, il terribile anno della tigre, *(contando sulle dita)* siamo già al tredicesimo, con quello che va sotto!
	今この年、恐ろしい寅の年は (指折り数えながら) すでに我ら十三人目だ、 刃にかかることになるあれを入れて！

Che lavoro! Che noia!

何たる役目! 何たる厄介!

A che siamo mai ridotti?
(con desolazione comica)
I ministri siam del boia!

我らは一体、何になりさがった?
(おどけた様子でしょげ込んで)
我らは首切りの大臣だ!(○42)

PING
ピン

(Il volto si rasserena e lo sguardo mira lontano in sentimento nostalgico)
Ho una casa nell'Honan
con il suo laghetto blù
tutto cinto di bambù.

(顔つきが晴れやかになり、目差しは郷愁に浸りながら遠くへ向かう)
おれはホウナンに家がある、
青い池をそなえ
ぐるりぜんぶ竹に囲まれてる。

E sto qui a dissiparmi la mia vita,
a stillarmi il cervel sui libri sacri.

なのにここにいる、我が人生無駄にするため、
経典に脳味噌しぼるため。

PONG e PANG
ポンとパン

(impressionati)
Sui libri sacri!

(感慨深く)
経典に!

PING
ピン

(assentendo)
Sui libri sacri!
E potrei tornar laggiù
presso il mio laghetto blù
tutto cinto di bambù!

(うなずいて)
経典に!
で、いっそあそこへ帰ることができるものなら、
あの青い池のほとりへ、
ぐるりぜんぶ竹に囲まれた!

PONG
ポン

Tornar laggiù!

あそこへ帰ることが!(○43)

	Ho foreste, presso Tsiang, che più belle non ce n'è, che non hanno ombra per me.
	わたしはツィアンの近くに林を持ってる、 あれより美しいのなど一つとしてないほどだ、 だがあれはわたしのための木陰、持ち合わせぬ。
	Ho foreste che più belle non ce n'è!
	あれより美しいのなど一つとしてない林を持っているが！
PANG パン	Tornar laggiù!
	あそこへ帰ることが！ (○44)
	Ho un giardino presso Kiù, che lasciai per venir qui e che non rivedrò mai più!
	あたしはキューの近くに庭がある、 あれをここに来るため離れきて そしてもう再びあれを見なかろう！
I MINISTRI 大臣たち	E stiam qui a stillarci il cervel sui libri sacri!
	おれたちはここにいる、 経典に脳味噌しぼるために！
PONG ポン	E potrei tornare a Tsiang...
	いっそツィアンに帰れるものならな…
PING ピン	E potrei tornar laggiù...
	あそこへ帰れるものなら…
PANG パン	E potrei tornar a Kiù...
	いっそキューに帰れるものならな…
PING ピン	a godermi il lago blù...
	あの青い池を満喫しに…
PONG ポン	Tsiang...
	ツィアン…
PANG パン	Kiù...
	キュー…

PING ピン	Honan... tutto cinto di bambù!	
	ホウナン… ぐるりぜんぶ竹に囲まれた！	
PONG ポン	e potrei tornare a Tsiang!	
	ツィアンへ帰れるものなら！	
PANG パン	e potrei tornare a Kiù! *(Rimangono immobili, in estasi)*	
	キューへ帰れるものなら！ (三人、うっとりとして不動のままでいる)	

I MINISTRI
大臣たち

(si risollevano, e con gesto vago e sconfortato)
O mondo, pieno di pazzi innamorati!
Ne abbiamo visti arrivar degli aspiranti!

(再び立ち上がり、それとない落胆した身ぶりをしながら)
恋する狂人にあふれたこの世よ！
我ら、何人ものそうした求愛者がやってくるのを見た！

PING
ピン

O quanti!

ああ！ どれほど！

PONG
ポン

O quanti!

ああ、どれほど！

PANG
パン

O quanti, o quanti!

ああ、どれほど、どれほど！

PING
ピン

Vi ricordate il principe
regal di Samarcanda?

王子を覚えているか、
サマルカンドの王家の？

Fece la sua domanda,
e lei con quale gioia gli mandò il boia!

あれは志願をした、
そして姫は、どれほど喜びあの男に刑吏を遣わしたことか！

IL CORO
合唱

(dietro al sipario)
Ungi, arrota, che la lama
guizzi e sprizzi, fuoco e sangue!

(幕のうしろで)
油をぬれ、研げ、刃が
舞い、飛び散らすように、火花と血を！

PONG ポン	E l'indiano gemmato Sagarika, cogli orecchini come campanelli? Amore chiese, fu decapitato! それから宝石ちりばめたインド人サガリカは、 鈴のような耳飾りをつけてたが？ 愛を求め、首を刎ねられた！
PANG パン	Ed il Birmano? それからビルマ人は？ (○45)
PONG ポン	E il prence dei Kirghisi? それからキルギス族の王子は？
I MINISTRI 大臣たち	Uccisi! Uccisi! 殺された！ 殺された！
	E il Tartaro dall'arco di sei cubiti! di ricche pelli cinto? それにあのダッタン人は、 六尺豊かな弓たずさえてたが！ 豪華な毛皮まとうて？
	Estinto! 消された！
	E decapita... 頭切り落とせよ…
IL CORO 合唱	*(dietro al sipario)* Dove regna Turandot, il lavoro mai non langue! （幕のうしろで） トゥーランドット様、治めるところじゃ (○46) この仕事、ぜったい、減りはしない！ (○47)
I MINISTRI 大臣たち	Uccidi... estingui... ammazza... 殺せよ… 消せよ… 屠殺せよだ…

Addio, amore! Addio, razza!
Addio, stirpe divina!
E finisce la China!
(Ping rimane in piedi, quasi a dar più valore alla sua invocazione)

さらば、愛よ！さらば、民族よ！
さらば、尊き血筋よ！
これで中国は終わる！（●34）
（ピン、自分の祈願をより重厚にしようとするかのように立ったままでいる）

PING / ピン *(come un'invocazione)*
O tigre! O tigre! ★

（祈願の呼びかけのように）
寅よ！　寅よ！

I MINISTRI / 大臣たち
O grande marescialla del cielo!
Fa che giunga
la gran notte attesa,
la notte della resa! ★

偉大なる天軍の総帥よ！
到来すべくなしたまえ、
待ちわびる晴れの夜が、
降伏の夜が！

PING / ピン
Il talamo le voglio preparare! ★

我輩、あのお方に新床を用意したい！

PONG / ポン *(con gesto evidente)*
Sprimaccerò per lei le molli piume!

（それと分かる身振りで）
それがし、あの方のため柔らかな羽根を整えよう！

PANG / パン *(come spargesse aromi)*
Io l'alcova le voglio profumare!

（香料を振りまくかのように）
あたしはあの方の寝所を香りづけしたい！

PING / ピン
Gli sposi guiderò reggendo il lume!

わたしが灯火を持って花嫁花婿をご案内しよう！

★印（3箇所）の台詞はカット可。カットした場合ピンの台詞として「Ma se viene la notte della resa!／だがもし、降伏の夜が来たら！」が入る。

第 2 幕第 1 場

I MINISTRI
大臣たち

Poi tutt'e tre in giardino,
noi canteremo d'amor fino al mattino...
così:

　　それから三人全員、庭にて
　　朝まで愛をうたってさしあげよう…
　　こんな風に、

(Ping in piedi sullo sgabello, gli altri due seduti ai suoi piedi, rivolgendosi ad un immaginario loggiato)
Non v'è in China,
per nostra fortuna,
donna più che rinneghi l'amor!

　　（ピンは床几の上に立ち、他の二人はその足許に座り、回廊を想像してそちらの方へ向いて）
　　中国にはおらぬ、
　　我らが幸い、
　　もはや愛を拒む女性(にょしょう)は！

Una sola ce n'era
e quest'una che fu ghiaccio,
ora è vampa ed ardor!

　　かつて一人だけおられたが
　　この氷であられたお一人も
　　今は火にして炎！

Principessa, il tuo impero
si stende dal Tsè-Kiang
all'immenso Jang-Tsè!

　　姫様、あなた様の帝国は
　　広がります、ツェーキャンから
　　無辺のヤンツェーまで！［注6］

PING
ピン

Ma là, dentro le soffici tende,
c'è uno sposo che impera su te!

　　ですがそこ、柔らな幕飾りのうしろには
　　あなた様を治める花婿がおられます！

I MINISTRI
大臣たち

Tu dei baci già senti l'aroma,
già sei doma, sei tutta languor!

　　あなた様は口づけの香り、はやお感じなされ
　　すでに従順、お身全体けだるさです！…

［注6］　広大な中国の領土を揚子江 Jang-Tsè-Kiang に代表させ、それを二つに分けて用いている。

I MINISTRI 大臣たち	Gloria, gloria alla notte segreta, che il prodigio ora vede compir!

栄光あれ、栄光あれ、秘めやかな夜に、
今や奇跡起こるを眺める夜に!

Gloria, gloria alla gialla coperta di seta
testimonio dei dolci sospir!

栄えあれ、栄えあれ、黄色の絹の褥(しとね)に、
甘い吐息の証(あかし)なるものに!

Nel giardin sussurran le cose
e tintinnan campanule d'or...

庭ではものみなささやき
金の釣鐘草(つりがねそう)もリンリンと…

Si sospiran parole amorose,
di rugiada s'imperlano i fior!

睦言(むつごと)、密やかに発せられ
花々は露玉(つゆだま)に飾られる!

Gloria al bel corpo discinto
che il mistero ignorato ora sa!

栄光あれ、帯といた美しい五体、
今やそれまで未知の秘め事知る五体に!

Gloria, all'ebbrezza e all'amore
che ha vinto, e alla China
la pace ridà!

栄光あれ、陶酔に、愛に、
愛は勝利おさめて中国に
平安ふたたびもたらそう!

PING ピン	*(Ma, dall'interno, il rumore della Reggia, che si risveglia, richiama le tre maschere alla triste realtà. E allora Ping, balzando a terra, esclama)* Noi si sogna, e il palazzo già formicola di lanterne, di servi e di soldati!

(ところが、舞台裏から聞こえてくる目覚めた王宮のざわめきが三人の仮面の男を
悲しい現実へ引き戻す。そこでピンは床に飛び降りながら叫ぶ)

我ら、夢見ているのだ、宮殿は
すでに群がっている、提灯や
召使や兵士たちが!

> Udite il gran tamburo
> del tempio verde!
> Già stridon le infinite ciabatte
> di Pekino!

聞け、大太鼓を、
緑寺院の！
すでにかまびすしい音を立てているぞ、無数の履物が、
北京の民の！

PONG
ポン
> Udite trombe!
> Altro che pace!

聞け、ラッパを！
平安どころでない！（○48）（●35）

PANG
パン
> Ha inizio la cerimonia!

儀式が始まる！

I MINISTRI
大臣たち
> Andiamo a goderci l'ennesimo supplizio!
> *(Se ne vanno mogi mogi)*

何度目か知れぬ処刑に与るためにまいるとしよう！
（がっかりして立ち去る）（●36）

QUADRO SECONDO 第2場

Appare il vasto piazzale della Reggia. Quasi al centro è un'enorme scalèa di marmo, che si perde nella sommità fra archi traforati.
La scala è a tre larghi ripiani.
Numerosi servi collocano in ogni dove lanterne variopinte.
La folla, a poco a poco, invade la piazza.

王宮の広大な広場が現れる。ほぼ中央に大理石の巨大な階（きざはし）があり、最上部は透かし彫りで飾られた何重かの迫持（せりも）ち門の間に見えなくなっている。
階には三段、広い踊り場がある。
多数の召使が辺り一面に色とりどりの提灯をおく。
群衆が次第に広場へ押し寄せる。

> *(Arrivano i mandarini, con la veste di cerimonia azzurra e d'oro. Passano gli otto sapienti, altissimi e pomposi. Sono vecchi, quasi uguali, enormi e massicci. Il loro gesto è lentissimo e simultaneo. Hanno ciascuno tre rotoli di seta sigillati in mano. Sono i rotoli che contengono la soluzione degli enigmi di Turandot)*

（青と金の式服を着た役人たちが到着する。非常に背が高く、豪奢な出で立ちの八人の賢者が進んでくる。彼らは高齢で、ほとんど同じように似ていて、巨漢で、堂々としている。その動作は非常にゆっくりとして、動きがそろっている。それぞれ手に三巻、封印された絹の巻物を持っている。トゥーランドットの謎の解答が中に書かれている巻物である）

LA FOLLA 群衆	Gravi, enormi ed imponenti col mister dei chiusi enigmi già s'avanzano i sapienti. *(Incensi cominciano a salire dai tripodi che sono sulla sommità della scala)*

厳かで、すごく大きく、貫禄あって（●37）（○49）
封した謎の秘密を持って
もう賢者様がやってくる。
（階の最上段にある三脚台から香の煙が昇り始める。）

(Le tre maschere si fanno largo tra gli incensi; indossano, ora, l'abito giallo di cerimonia)
Ecco Ping. Ecco Pong. Ecco Pang.
(Passano gli stendardi bianchi e gialli dell'Imperatore tra le nuvole degli aromi. Passano gli stendardi di guerra. Lentamente l'incenso dirada. Sulla sommità della scala, seduto sull'ampio trono d'avorio, apparisce l'Imperatore Altoum. È tutto bianco, antico, venerabile, ieratico. Pare un dio che apparisca di tra le nuvole)

（香の煙の中を三人の仮面の男が人々をかきわけ進んでくる、彼らは今は儀式用の黄色い衣装を着ている）
やっピンだ。ほらポンだ。それパンだ。
（香のたなびく中に皇帝の黄と白の幟が動いていく。さらに軍旗が動いていく。ゆっくり香の煙が薄らぐ。階の最上部に大きな象牙の玉座に腰掛けた皇帝アルトゥムが現れる。老齢で白ずくめ、敬うべく荘厳である。雲間に現れる神のように見える）

LA FOLLA 群衆	Diecimila anni al nostro Imperatore!

我らの皇帝陛下に万年の御歳を！（○50）

Gloria a te!
(Tutta la folla si prosterna faccia a terra, in attitudine di grande rispetto. Il piazzale è avvolto in una viva luce rossa. Il Principe è ai piedi della scala. Timur e Liù a sinistra confusi tra la folla, ma bene in vista del pubblico)

君にみ栄えあれ！（○51）
（群衆全員、大層な尊敬の念を示す態度で地に平伏す。広場は鮮やかな赤い光に包まれる。王子は階の下にいる。ティムールとリューは群衆に紛れて左手にいる、が、観客にはよく見える）

L'IMPERATORE 皇帝	*(con voce stanca da vecchio decrepito)* Un giuramento atroce mi costringe a tener fede al fosco patto.

（衰えた老人の疲れた声で）（●38）
冷酷なる誓いが朕をして余儀なくさせる、
忌まわしき決めごと遵守するよう。

E il santo scettro ch'io stringo,
gronda di sangue!

ゆえに朕の握れる聖なる笏は
血にまみれておる！

		Basta sangue! Giovine, va'!
		血は十分である！ 若者よ、去れ！
IL PRINCIPE IGNOTO 名を秘めた王子	*(con fermezza)* Figlio del cielo, io chiedo d'affrontar la prova!	
	（決然と） 天子よ、私は願い上げます、 この試練に挑むことを！	
L'IMPERATORE 皇帝	*(quasi supplichevole)* Fa ch'io possa morir senza portare il peso della tua giovine vita!	
	（ほとんど哀願するように） 朕が死ねるべくなしてほしい、 重み背負うことなく、 汝の若い命の！	
IL PRINCIPE IGNOTO 名を秘めた王子	*(con maggiore forza)* Figlio del cielo! Io chiedo d'affrontar la prova!	
	（いっそう強硬に） 天子よ！私は願い上げます、 この試練に挑むことを！	
L'IMPERATORE 皇帝	Non voler che s'empia ancor d'orror la Reggia, il mondo!	
	願うなかれ、またも満たされんこと、 王宮が、世が恐怖に！	
IL PRINCIPE IGNOTO 名を秘めた王子	*(con forza crescente)* Figlio del cielo! Io chiedo d'affrontar la prova!	
	（ますます力を込めて） 天子よ！ 私は願い上げます、 この試練に挑むことを！	
L'IMPERATORE 皇帝	*(con ira, ma con grandiosità)* Straniero ebbro di morte! E sia!	
	（怒って、しかし荘重に） 死に酔いしれる異国の者よ！ なればよかろう！	

第2幕第2場

Si compia il tuo destino!
(La folla si alza. Un chiaro corteo di donne sparge fiori sulla grande scala)

汝の運命、成就されんことを！
（群衆、立ち上がる。華やかな女たちの行列が広い階の上に花を撒く）

LA FOLLA
群衆
Diecimila anni al nostro Imperatore!
(Il Mandarino si presenta coll'editto)

我らの皇帝陛下に万年の御歳を！
（役人が布令を持って姿を見せる）（●39）

MANDARINO
役人
(Fra il generale silenzio, il Mandarino si avanza. Dice)
Popolo di Pekino! La legge è questa:

（全員、静まり返るなか、役人が前へ進み出る。そして宣する）
北京の民よ！ 定めはこうある、

Turandot, la Pura,
sposa sarà di chi, di sangue regio
spieghi gli enigmi ch'ella proporrà.

トゥーランドット清皇女にあられては
かくある者の妃とならん、王族の血筋にて
かの方、出題あそばす謎、解く者の。（○52）

Ma chi affronta il cimento e vinto resta,
porga alla scure la superba testa!

されど試練に挑みて敗るる者、
傲れる頭、斧にさし出すべし！

RAGAZZI
子供たち
(interni, ma sensibili)
Dal deserto al mar
non odi mille voci sospirar:

（舞台裏で、だがよく聞こえるように）
砂漠から海へ（○53）
たくさん声々ささやくの、おまえ様に聞こえぬか、

Principessa, scendi a me!
Tutto splenderà!

「姫様、ここへお出ましください！
みな輝きましょう！」

TURANDOT
トゥーランドット

(Va a collocarsi ai piedi del trono. Bellissima, impassibile, è tutta una cosa d'oro. Guarda con freddissimi occhi il principe. Solennemente dice)
In questa Reggia, or son mill'anni e mille,
un grido disperato risonò.

（歩んでいって玉座のすぐ下に立つ。極めて美しく、平然として、全身金ずくめである。非常に冷ややかな目で王子を眺める。厳かに口を開く）（●40）

この宮殿に、今や幾千年になる昔、
絶望の叫びが響いた。

E quel grido, traverso stirpe e stirpe,
qui nell'anima mia si rifugiò!

そしてその叫びは子々孫々を経て（○54）
ここに、私の魂に宿った！

Principessa Lo-u-Ling,
ava dolce e serena, che regnavi
nel tuo cupo silenzio in gioia pura,
e sfidasti inflessibile e sicura
l'aspro dominio,
oggi rivivi in me!

ロ・ウ・リン姫よ、
柔和にして晴れやかな祖先よ、おん身は国を治めておられた、
深い静けさにつつまれ、邪心なき喜びのうちに、
また屈せず、断固として立ち向かわれた、
苛酷な支配に、
そしておん身は今日、私のうちに甦っておられる！（○55）

LA FOLLA
群衆

(sommessamente)
Fu quando il Re dei Tartari
le sette sue bandiere dispiegò!

（声をひそめて）
あれはダッタン族の王が
支配下の七つの旗を翻したときのこと！（○56）

TURANDOT
トゥーランドット

(come cosa lontana)
Pure nel tempo che ciascun ricorda,
fu sgomento e terrore e rombo d'armi!

（遠い昔のことのように）
なれど、諸人の覚え知るかの時代、
戦乱の驚愕、恐怖、轟音が生じた！

Il regno vinto! Il regno vinto!

敗れたる国！　破れたる王座！

E Lo-u-Ling, la mia ava,
trascinata da un uomo, come te, straniero,
là nella notte atroce,
dove si spense la sua fresca voce!

そして我が先祖、ロ・ウ・リン姫は
そなたのような夷狄の男に連れゆかれ
遙か遠く、残忍な夜、
そこでかの方の涼やかな声は消えて果てた！

LA FOLLA
群衆

Da secoli ella dorme
nella sua tomba enorme!

幾世紀もあの姫は眠ってなさる、
巨大なあのお方の墓で！

TURANDOT
トゥーランドット

O Principi,
che a lunghe carovane
d'ogni parte del mondo
qui venite a gettar la vostra sorte,

王子方よ、
長い旅団をくみ
世界のあらゆる地域より
そなたらの運命を投げ出しにここへまいる方々よ、 (○57)

io vendico su voi
quella purezza, quel grido
e quella morte!

私はそなたらに仇討ちをなすのです、
あの清純無垢のお方の、あの叫びの
そしてあの死の！

(con energia)
Mai nessun m'avrà!
L'orror di chi l'uccise
vivo nel cor mi sta!

（力を込めて）
断じて何人も私を得ますまい！ (○58)
あの方を殺めた者への憎悪が (○59)
私の心には生々しくあります！ (○60)

No, no! Mai nessun m'avrà!

否、否！ 断じて何人も私を得ますまい！

Ah, rinasce in me l'orgoglio
di tanta purità!

ああ、私のうちには甦っております、大いなる
純潔への誇りが！

(e minacciosa al Principe)
Straniero! non tentar la fortuna!
Gli enigmi sono tre,
la morte è una!

(そして脅すように王子に)

異国の者！ 運を試すはなりませぬ！
謎が三つで、
死が一つ！

IL PRINCIPE IGNOTO
名を秘めた王子

(con impeto)
No, no! Gli enigmi sono tre,
una è la vita!

(激しい勢いで)

いや、違う！ 謎が三つで（○61）
命が一つです！

LA FOLLA
群衆

Al Principe straniero
offri la prova ardita,
o Turandot!
(Squillano le trombe. Silenzio. Turandot proclama il primo enigma)

異国の王子に
大いなる試練を与えたまえ、
トゥーランドット姫よ！
(ラッパが響く。静寂。トゥーランドット、第一番目の謎を告げる)

TURANDOT
トゥーランドット

Straniero, ascolta!

異国の者よ、聞くがよい！

"Nella cupa notte
vola un fantasma iridescente.

「闇の夜に
虹色の幻が舞う。

Sale e dispiega l'ale
sulla nera infinita umanità!

それは高く昇り、翼をひろげる、
暗い無数の人々の上に！

Tutto il mondo l'invoca
e tutto il mondo l'implora!

世の皆、それを呼び
世の皆、それを求める！

Ma il fantasma sparisce con l'aurora
per rinascere nel cuore!

だがその幻は暁とともに消える、
心のうちに甦るため！

Ed ogni notte nasce
ed ogni giorno muore!"

それは夜毎に生まれ
日毎に死にゆく！」（●41）

IL PRINCIPE IGNOTO
名を秘めた王子

Sì! Rinasce!

そう！ 甦る！（●42）

Rinasce e in esultanza
mi porta via con sè, Turandot:
la speranza!

甦り、歓喜へと
自ら伴い私を連れゆく、トゥーランドット姫、
「希望」が！

I SAPIENTI
賢者たち

(Aprono ritmicamente il primo rotolo)
La speranza! La speranza! La speranza!

（調子をつけて一番目の巻物を広げる）
希望！ 希望！ 希望！（●43）

TURANDOT
トゥーランドット

(declamato con ira)
Sì! La speranza che delude sempre!

（怒りを込めて大仰な口調で発せられて）
いかにも！ 常に落胆招く希望！（●44）

(Scende alla metà della scala nervosamente)
"Guizza al pari di fiamma,
e non è fiamma!

（階の中程まで苛立って下りる）（●45）
「炎同様に跳ね飛ぶが
それで炎ではない！

È talvolta delirio!
È febbre d'impeto e ardore!

時に熱狂である！（○62）
たぎる熱であり熱気である！

> L'inerzia lo tramuta in un languore!
>
> 無気力はそれを淀みに変える!
>
> Se ti perdi o trapassi si raffredda!
> Se sogni la conquista, avvampa!
>
> 人が破れ、あるいは死ねば、冷たくなる!
> 人が征服を夢見るなら、燃え上がる!
>
> Ha una voce che trepido tu ascolti,
> e del tramonto il vivido baglior!"
>
> 人が不安のうちに耳傾ける声を持ち、
> また夕暮れの鮮やかな輝き[注7]をもつ!」 (●46)

L'IMPERATORE
皇帝
> Non perderti, straniero!
>
> 負けるでない、異国の者よ! (○63)

LA FOLLA
群衆
> È per la vita! Parla!
> Non perderti, straniero! Parla!
>
> 生きるためだ! 言え!
> 負けるな、異国の男よ! 言え!

LIÙ
リュー
> È per l'amore!
>
> 愛のためです! (●47)

IL PRINCIPE IGNOTO
名を秘めた王子
> Sì, Principessa!
> Avvampa e insieme langue,
> se tu mi guardi, nelle vene:
> il sangue!
>
> いかにも、皇女よ! (●48)
> 燃え上がり、同時に憔悴する、
> 貴女が私を見ると、血管の中で、
> 「血潮」が!

I SAPIENTI
賢者たち
> *(aprendo il secondo rotolo)*
> Il sangue! Il sangue! Il sangue!
>
> (二番目の巻物を開きながら)
> 血潮! 血潮! 血潮!

LA FOLLA
群衆
> Coraggio, scioglitore degli enigmi!
>
> 勇気を、謎の解き手よ! (●49) (○64)

[注7] イタリアでは〝夕暮れの輝き〟というと赤を意味する。これは赤い血潮へのヒントになるか?

TURANDOT トゥーランドット	*(additando la folla alle guardie)* Percuotete quei vili!

     （群衆を指さしながら、衛士に）(●50)

     あの卑しい者どもを打ちすえよ！(●51)

(Scende giù dalla scala. Si china sul Principe che cade in ginocchio)
"Gelo che ti dà foco
e dal tuo foco
più gelo prende!

     （階の下に降りる。跪く王子の上に身を屈める）

     「人に火を与える氷、
     してその火より
     なおいっそうの冷たさを得る！

Candida ed oscura!
Se libero ti vuol,
ti fa più servo!

     純白にして暗い！［注8］
     もし人を自由にと望めば、
     いっそう僕となす！

Se per servo t'accetta,
ti fa Re!"
(Il Principe non respira più. Turandot è su lui, curva come sulla sua preda e sogghigna)

     人を僕として受け入れれば、
     王者となす！」

     （王子、もはや呼吸できない。トゥーランドットは彼の上に獲物に対するように身を屈めていて、そして冷ややかに笑う）

Su, straniero!
Ti sbianca la paura!

     それ、異国の者！
     恐怖がそなたを蒼白にしておる！

E ti senti perduto!

     敗北したと感じおるのか！

Su, straniero,
il gelo che dà foco, che cos'è?

     さあ、異国の者よ、
     火を与える氷とは、何か？

［注8］ candida, oscura は形容詞の女性形であるので、これにより答えは女性あるいは女性名詞であると考えられる。

IL PRINCIPE IGNOTO 名を秘めた王子	*(balza in piedi con forza, esclama)* La mia vittoria ormai t'ha data a me!	

（勢いよく躍り上がり、叫ぶ）（●52）
今や私の勝利が貴女を私に与えた！（○65）

Il mio fuoco ti sgela:
Turandot!

私の火は貴女を溶かす、
「トゥーランドット」を！（●53）

I SAPIENTI 賢者たち	*(aprendo il rotolo)* Turandot! Turandot! Turandot!	

（巻物を広げながら）
トゥーランドット！ トゥーランドット！ トゥーランドット！

LA FOLLA 群衆	Turandot! Gloria, o vincitore! Ti sorrida la vita! Ti sorrida l'amor!	

トゥーランドットか！
栄光あれ、勝利者よ！
命があんたに微笑むように！
愛があんたに微笑むように！

Diecimila anni al nostro Imperatore!
Luce, Re di tutto il mondo!

我らの皇帝陛下に万年の御歳を！
天下の光にして王たる御方！（○66）

TURANDOT トゥーランドット	*(ch'è risalita affannosamente presso il trono dell'Imperatore)* Figlio del cielo! Padre augusto! No! Non gettar tua figlia nelle braccia dello straniero!	

（トゥーランドットは息せき切って皇帝の玉座のそばへ再び上がっている）
天子様！ 父君陛下！ なりませぬ！
己が皇女を投げたまいますな、
異国人の腕のなかへ！

L'IMPERATORE 皇帝	*(solenne)* È sacro il giuramento!	

（厳かに）
誓いは神聖である！

TURANDOT
トゥーランドット

(con ribellione)
No, non dire! Tua figlia è sacra!
Non puoi donarmi a lui
come una schiava.
Ah! No! Tua figlia è sacra!
Non puoi donarmi a lui
come una schiava morente di vergogna!

（抗して）
いいえ、誓いますな！ 陛下の子は神聖にございます！（○67）
あの者に私を渡されてはなりませぬ、
奴隷のごとくに。
ああ！ なりませぬ！ 陛下の子は神聖！
あの者に私を渡されてはなりませぬ、
恥辱に死にかけた奴隷のごとくに！

(al Principe, con ira)
Non guardarmi così!
Tu che irridi al mio orgoglio,
non guardarmi così!
No, non sarò tua! Non voglio!

（王子に、怒りを込めて）
そのように私を見るでない！
私の誇りを嘲るそなた、
私をそのように見るでない！
いいや、そなたのものにはならぬ！ 望まぬ！

L'IMPERATORE
皇帝

(confermando solennemente)
È sacro il giuramento!

（厳かに言い切って）（●54）
誓いは神聖である！

LA FOLLA
群衆

È sacro il giuramento!

誓いは神聖だ！

TURANDOT
トゥーランドット

(con calore crescente)
No, non guardarmi così,
non sarò tua.

（激情を募らせながら）
いいや、私をそのように見るでない、
そなたのものとはならぬ。

LA FOLLA
群衆

Ha vinto, Principessa!
Offrì per te la vita!

その人は勝った、姫様！
貴女様のために命を差し出した！

TURANDOT トゥーランドット	Mai nessun m'avrà!	
	断じて何人も私を得ることはない！	
LA FOLLA 群衆	Sia premio al suo ardimento! Offrì per te la vita! È sacro il giuramento!	
	その人の勇気の褒美になってくだされ！ その人は貴女様のために命を差し出した！ 誓いは神聖だ！	
TURANDOT トゥーランドット	*(con suprema ribellione, al Principe)* Mi vuoi nelle tue braccia a forza, riluttante, fremente?	
	（王子に、それ以上ない反抗を示して） そなたの腕のなかに私をお望みか、　（○68） 力ずくで、私は嫌がり、身震いしておるに？	
IL PRINCIPE IGNOTO 名を秘めた王子	No, no, Principessa altera! Ti voglio tutta ardente d'amor!	
	いや、いや、誇り高き皇女よ！　（●55） 私は望んでいます、全身、愛に燃える貴女を！	
LA FOLLA 群衆	Coraggioso! Audace! O forte!	
	勇敢な！　大胆な！　ああ、強き人よ！　（●56）	
IL PRINCIPE IGNOTO 名を秘めた王子	Tre enigmi m'hai proposto, e tre ne sciolsi!	
	三つの謎を貴女は私に課し　（○69） その三つを私は解いた！	
	Uno soltanto a te ne proporrò:	
	私は貴女にそれを一つだけ課すとします、	
	il mio nome non sai! Dimmi il mio nome, prima dell'alba! E all'alba morirò! *(Turandot piega il capo, annuendo)*	
	貴女は私の名をご存じない！ 私に私の名をお告げなさい、 夜明けまでに！ さすれば夜明けに私は死ぬといたします！ （トゥーランドット、頷きながら頭を垂れる）（●57）	

L'IMPERATORE **皇帝**	Il cielo voglia che col primo sole mio figliolo tu sia!

天の望みたもうよう、日の出とともに ^(○70)
汝が我が子息とならんこと！

LA FOLLA **群衆**	*(La Corte si alza. Ondeggiano le bandiere. Il Principe sale la Scala, mentre l'Inno Imperiale riprende solenne)* Ai tuoi piedi ci prostriam, Luce, Re di tutto il mondo! Per la tua saggezza, per la tua bontà, ci doniamo a te, lieti in umiltà!

（宮廷の一同、立ち上がる。旗がはためく。王子は階を昇り、その間、再び皇帝賛歌が厳かにわきおこる）

我ら大君のお足許に平伏さん、 ^(○71)
天下の光にして王なる御方！
大君のお知恵ゆえ、大君の仁慈ゆえ
我ら喜び、慎みて大君につくさん！

A te salga il nostro amor!

大君に我らの愛の届かんことを！

Diecimila anni al nostro Imperatore!

我らの皇帝陛下に万年の御歳を！

A te, erede di Hien Wang,
noi gridiam:
Diecimila anni al grande Imperatore!

イェン・ワンの後裔なる大君に
我ら叫ばん、
大いなる皇帝陛下に万年の御歳を！

Alte, alte le bandiere!
Gloria a te! Gloria a te!

高く、高く御旗を！
大君に栄えあれ！　大君に栄えあれ！

第3幕
ATTO TERZO

QUADRO PRIMO 第1場

Il giardino della Reggia, vastissimo, tutto rialzi ondulati, cespugli e profili scuri di divinità in bronzo, lievemente illuminate dal basso in alto dal riflesso degli incensieri.
A destra sorge un padiglione a cui si accede per cinque gradini, e limitato da una tenda riccamente ricamata. Il padiglione è l'avancorpo d'uno dei palazzi della Reggia, dal lato delle stanze di Turandot.
È notte. Dalle estreme lontananze giungono voci di Araldi che girano l'immensa città intimando il regale comando. Altre voci, vicine e lontane, fanno eco.
Adagiato sui gradini del padiglione è il Principe. Nel grande silenzio notturno egli ascolta i richiami degli Araldi, come se quasi più non vivesse nella realtà.

王宮の非常に広大な庭、随所に波打つ築山、植え込み、下から上へ香炉の反射光にほのかに照らされる何体かの青銅の神仏像の黒っぽい輪郭。右手に園亭が立ち上がり、そこへは五段の階段を上がって出入りし、豪華に刺繍された幕で入り口が仕切られている。園亭は王宮をなす数々の棟のうちの一棟の突出部で、その側らにはトゥーランドットのいくつかの居室がある。
時は夜。はるか遠くから、御上（おかみ）の触れを告げながらどこまでも続く町を回っている伝令役人たちの声が聞こえてくる。その声に、遠く近く、別の声が呼応する。
王子、園亭の階段に身をもたせかけている。最早ほとんど現実の世に生きていないかのように、夜のしじまのなかで伝令役人たちの触れ声に耳を傾ける。

ARALDI
伝令役人たち

(a voce spiegata)
Così comanda Turandot:
（はっきり大きな声で）
トゥーランドット姫にあられてはこう仰せである、

"Questa notte nessun dorma in Pekino!"
「今夜、北京にては何人（なんぴと）も眠ってはならぬ！」

VOCI LONTANE
遠くの声

(come un lamento)
Nessun dorma! Nessun dorma!
（嘆きの声のように）
何人も眠ってはならぬと！　何人も眠ってはならぬと！

ARALDI
伝令役人

(più lontano)
"Pena la morte, il nome dell'Ignoto
sia rivelato prima del mattino!"
（遠くなって）
「刑罰は死とす、なれば身元知れぬ者の名、
夜明け前に明かされること！」

VOCI LONTANE
遠くの声

(lontano)
Pena la morte!
（遠くで）
刑罰は死と！

ARALDI 伝令役人	*(ancora più lontano)* "Questa notte nessun dorma in Pekino!" （さらに遠くなって） 「今夜、北京にては何人も眠ってはならぬ！」
VOCI LONTANE 遠くの声	*(ancora più lontano)* Nessun dorma! Nessun dorma! （もっと遠くで） 何人も眠ってはならぬ！ 何人も眠ってはならぬ！
IL PRINCIPE IGNOTO 名を秘めた王子	Nessun dorma!... 何人も眠ってはならぬか！…

Tu pure, o Principessa,
nella tua fredda stanza
guardi le stelle
che tremano d'amore e di speranza!

やはり貴女自身も、姫よ、
貴女の冷たき部屋で
星をご覧であろう、
あれが愛と希望にまたたくのを！

Ma il mio mistero è chiuso in me,
il nome mio nessun saprà!
No, no, sulla tua bocca lo dirò
quando la luce splenderà!

だが、わたしの秘密はわたしのうちにある、
何人もわたしの名を知ることにはならぬ！
いや、いや、貴女の唇にそれを告げよう、
朝の光が輝くことになるとき！（○72）

Ed il mio bacio scioglierà il silenzio
che ti fa mia!

そしてそのわたしの口づけは沈黙を解くことだろう、
貴女をわたしのものにする沈黙を！

VOCI DI DONNE 女たちの声	*(interno un po' lontano)* Il nome suo nessun saprà... E noi dovrem, ahimè, morir!... （舞台裏で少し遠くから） あの人の名は誰も分からないままに… そしたらわたしたち、悲しいことに、死ななければ！…

IL PRINCIPE IGNOTO
名を秘めた王子

Dilegua, o notte!... tramontate, stelle!
All'alba vincerò!
Vincerò! Vincerò!
(Strisciando fra i cespugli, le tre maschere sono alla testa di una piccola folla di figure confuse nel buio della notte, che poi cresceranno sempre più numerose)

夜よ、失せよ！…星よ、没せよ！
夜明けになればわたしの勝ちだ！
わたしは勝つ！ 勝つことになる！ (○73)

（植え込みの間を這うようにして、三人の仮面の男たちが夜の闇の中で得体の知れない数人の人群れの先頭にいて、人群れはその後どんどん数が増えていく）

PING
ピン

(Ping s'accosta al Principe)
Tu che guardi le stelle,
abbassa gli occhi.

（ピン、王子に近づく）
星を眺めておいでの貴方、
視線を下げてくだされ。(○74)

PONG
ポン

La nostra vita è in tuo potere!

私どもの命は貴方の手中でして！

PANG
パン

La nostra vita!

我らの命は！ (●58)

PING
ピン

Udisti il bando?
Per le vie di Pekino, ad ogni porta
batte la morte e grida: il nome!

触れがお耳に達してか？ (○75)
北京の道という道で、どの門口でも
死が戸を叩き、叫んでまして、名前をと！

I MINISTRI
大臣たち

Il nome! O sangue!

名前を！ さもなくば血と！

IL PRINCIPE IGNOTO
名を秘めた王子

Che volete da me?

わたしに何を望もうと？

PING
ピン

Di' tu, che vuoi!
È l'amore che cerchi?

貴方が言われよ、何をお望みか！
求めるは愛ですかな？

Ebbene: prendi!
(Sospinge a' piedi del Principe un gruppo di fanciulle bellissime, seminude, procaci)
Guarda, son belle fra lucenti veli!

よろしい、お取りなされ！
（王子の足許に非常に美しい半裸の扇情的な乙女たちを押し出す）
ご覧を、ぴかぴか光る薄衣をまとって美しい！(●59)(○76)

PONG e PANG
ポンとパン

Corpi flessuosi...

しなやかな身体…

PING
ピン

Tutte ebbrezze e
promesse d'amplessi prodigiosi!

すべてこれら陶酔、そして
奇跡なす抱擁の約束！

DONNE
女たち

(circondando il Principe)
Ah, ah!

（王子を取り囲んで）
ああ、ああ！(○77)

IL PRINCIPE IGNOTO
名を秘めた王子

No! No!

結構！結構だ！(●60)

I MINISTRI
大臣たち

Che vuoi? Ricchezze?
Tutti i tesori a te!
(Ad un suo cenno vengono portati canestri, cofani, sacchi, ricolmi d'oro e di gioielli)

何をお望みか？ 富かな？(●61)
すべての宝を貴方に！(○78)
（ピンの合図で黄金と宝石が詰まった篭、手文庫、袋が運ばれてくる）

PING
ピン

Rompon la notte nera...
queste fulgide gemme!

闇夜を破りますぞ…(●62)
このキラキラの宝石は！

PONG
ポン

Fuochi azzurri!

青い火！

PANG
パン

Verdi splendori!

緑の輝き！

PONG
ポン

Pallidi giacinti!

淡い色のヒヤシンス石！

PANG パン	Le vampe rosse dei rubini! ルビーの真紅の閃光！	
PING ピン	Sono gocciole d'astri! それらは星の雫！	
PONG e PANG ポンとパン	Fuochi azzurri! Vampe rosse! 青い火！ 真紅の閃光！	
PING ピン	Prendi! È tutto tuo! 取りなされ！ すべては貴方のもの！	
IL PRINCIPE IGNOTO 名を秘めた王子	No! Nessuna ricchezza! No! 結構！ いかな富もいらぬ！ 結構！	
I MINISTRI 大臣たち	Vuoi la gloria? Noi ti farem fuggir... 名誉をお望みか？ 我ら、貴方を逃がしましょうぞ… (●63)(○79)	
PONG e PANG ポンとパン	e andrai lontano con le stelle verso imperi favolosi! で、遠くへ行きなさることだ、星のあるうち 妙なる国々へ向けて！	
TUTTI 全員	Fuggi! Fuggi! Va', va' lontano! e noi tutti ci salviam! お逃げに！ お逃げに！ 遠くへお行きください！(○80) さすれば我われ一同、救われます！	
IL PRINCIPE IGNOTO 名を秘めた王子	*(tendendo alte le braccia come ad invocazione)* Alba, vieni! Quest'incubo dissolvi!... （祈りを捧げるかのように、高く腕を差し伸べて） 夜明けよ、来たれ！ この悪夢を解き放て！…(●64)	

PING
ピン
(con crescente minacciosa disperazione)
Straniero, tu non sai
di che cosa è capace la Crudele,
tu non sai!

（ますます大きくなり、のしかかってくる絶望感に駆られて）
異国の方よ、貴方はご存じない、
あの残酷姫にいかなことおできか、
貴方はご存じない！

I MINISTRI
大臣たち
Tu non sai quali orrendi martiri
la China inventi!...
se tu rimani e non ci sveli
il nome!

貴方はご存じない、いかな恐怖の拷問
中国が案出するか！…
もし貴方が留まり、それで我らに明かされねば、
名を！

TUTTI
全員
L'insonne non perdona!
Noi siam perduti!

眠らぬあのお方は容赦なさいません！
我われ、破滅です！

Sarà martirio orrendo!
I ferri aguzzi!
l'irte ruote!
il caldo morso delle tanaglie!
la morte a sorso a sorso!

凄まじい責め苦でしょう！
鋭い刃が！（●65）
釘を植えた責め輪が！
熱いヤットコのつねり！
じわじわと訪れる死！

Non farci morire!

わたしらを死なせないでください！（○81）

| IL PRINCIPE IGNOTO
名を秘めた王子 | *(con suprema fermezza)*
Inutili preghiere!
Inutili minacce!
Crollasse il mondo,
voglio Turandot! |

(この上ない揺るぎなさで)
無益な懇願！
無益な脅し！
たとえこの世が崩れ去ろうと (○82)
私はトゥーランドットを望む！ (●66)

| LA FOLLA
群衆 | *(con ferocia, minacciando il Principe con pugnali)*
Non l'avrai! No!
Morrai prima di noi!
Tu maledetto!
Tu spietato, crudele!
Parla! il nome! il nome! |

(短剣で王子を脅しながら、凶暴に)
あんたは姫を手にはできない！　駄目だ！
あんたは我われより先に死ぬことになる！
忌ま忌ましいあんた！
情け知らずの、酷いあんた！
言え！　名を！　名を！ (●67)

| SGHERRI
警吏たち | *(interno, gridando)*
Eccolo il nome! È qua! È qua!
(Un gruppo di sgherri trascina il vecchio Timur e Liù, logori, pesti, affranti, insanguinati) |

(舞台裏で、叫んで)
それ、名前が！　ここだ！　ここだ！
(警吏の一団が疲れはて、痣ができ、気力もくじけ、血まみれになった老人のティムールとリューの二人を引きずってくる)

| IL PRINCIPE IGNOTO
名を秘めた王子 | *(Si precipita gridando)*
Costor non sanno!...
Ignorano il mio nome!... |

(叫びながら駆け寄る) (●68)
その者らは通じていない！…
わたしの名を知らぬ！…

| PING
ピン | Sono il vecchio e la giovane
che iersera parlavano con te! |

それぞあの年寄りと娘、 (●69)
奴らは昨夜あんたと話していた！

IL PRINCIPE IGNOTO 名を秘めた王子	Lasciateli! 二人を放せ！
PING ピン	Conoscono il segreto! *(agli sgherri)* Dove li avete colti? 奴らは秘密を知っている！ (警吏たちに) どこで奴らを捕えた？
SGHERRI 警吏たち	Mentre erravano là, presso le mura! 向こうでうろついているのを、城壁のそばで！
MINISTRI e FOLLA 大臣たち、群衆	*(correndo, volgendosi verso il padiglione)* Principessa! Principessa! *(Turandot appare. Tutti si prosternano a terra. Solo Ping avanzando con estrema umiltà dice)* (走りながら、園亭の方へ向かって) 姫様！ 姫様！ (トゥーランドットが現れる。全員、地に平伏す。ピンのみ極めて恭しい態度で前へ進みながら言う)
PING ピン	Principessa divina! 神々しき姫君！ Il nome dell'ignoto sta chiuso in queste bocche silenti. 未知なる者の名は閉ざされております、 (○83) この無言の二つの口中に。 E abbiamo ferri per schiodar quei denti, e uncini abbiamo per strappar quel nome! ですがあれらの歯を抜く鉄具がございます、 またその名を引き出す鉤もございます！ (●70)
TURANDOT トゥーランドット	*(piena d'imperio e d'ironia)* Sei pallido, straniero! (尊大さと皮肉に満ちて) そなた、蒼白である、異国の者よ！

IL PRINCIPE IGNOTO 名を秘めた王子	*(alteramente)* Il tuo sgomento vede il pallor dell'alba sul mio volto!	

（毅然と）
貴女の当惑が
私の顔に夜明けの青白さを見ているのだ！

Costor non mi conoscono!
そんな者らは私を知らぬ！

TURANDOT トゥーランドット	*(come in sfida)* Vedremo!	

（挑むように）
見てみようぞ！(●71)

Su parla, vecchio!
さあ、話せ、老人！(●72)

Io voglio ch'egli parli!
(Timur è riafferrato)
Il nome!

私はあれが語るのを望んでおる！(●73)
（ティムール、再び摑まえられる）
名を！(○84)

LIÙ リュー	*(avanzando rapida verso Turandot)* Il nome che cercate io sola so.	

（すばやくトゥーランドットの方へ進み出て）(●74)
皆様がお求めの名はあたしだけが知っております。

LA FOLLA 群衆	La vita è salva, l'incubo svanì!	

命が救われた、心配は消えた！

IL PRINCIPE IGNOTO 名を秘めた王子	Tu non sai nulla, schiava!	

おまえは何も知っておらぬ、奴隷女め！(●75)

LIÙ リュー	Io so il suo nome... M'è suprema delizia tenerlo segreto e possederlo io sola!	

あたしはこの方の名を存じています…(●76)
あたしには無上の喜びにございます、
あたし一人それを秘めおき、抱いておりますのは！

LA FOLLA 群衆	Sia legata! sia straziata! perchè parli, perchè muoia! 縛り上げちまえ！　拷問にかけちまえ！^(●77) 口を割るように、くたばるように！
IL PRINCIPE IGNOTO 名を秘めた王子	*(ponendosi davanti a Liù per proteggerla)* Sconterete le sue lagrime! Sconterete i suoi tormenti! （リューを庇うために彼女の前に身をおいて） この女の涙の報いを受けるぞ！ この女の痛みの報いを受けるぞ！
TURANDOT トゥーランドット	*(violenta, alle guardie)* Tenetelo! *(Il Principe viene legato ai piedi con una cordicella da uno sgherro, che rimane a terra tenendo i capi della corda, e due altri sgherri lo tengono fermo per le braccia. Turandot riprende la sua attitudine ieratica)* （衛士たちに荒々しく） その男を押さえおけ！ （王子は一人の警吏に足を紐で縛られ、彼は紐の端を摑んでしゃがみ、別の二人の警吏が腕をしっかり摑む。トゥーランドットは厳めしい態度を取り戻す）
LIÙ リュー	Signor, non parlerò! *(Liù è tenuta inginocchiata a terra)* ご主人様、口は割りません！ （リューは押さえつけられて地面に膝をついている）
PING ピン	Quel nome! あれの名を！^(●78)
LIÙ リュー	No! おやめに！^(●79)
PING ピン	Quel nome! あれの名を！^(●80)
LIÙ リュー	La tua serva chiede perdono, ma obbedir non può! *(Uno sgherro le stringe i polsi)* Ah! この婢は許しを乞いはしても 仰せに副うことはできません！ （一人の警吏が手首をねじ上げる） ああ！^{(●81)(○85)}

TIMUR ティムール	Perchè gridi?	
	なぜ、悲鳴をあげる？	
IL PRINCIPE IGNOTO 名を秘めた王子	Lasciatela!...	
	その女を放せ！…	
LIÙ リュー	No... no... Non grido più! Non mi fan male! No, nessun mi tocca.	
	いいえ… いいえ… もう悲鳴はあげません！ あたしを痛めつけてなどおりません！ いいえ、誰もあたしに触れておりません。	(○86)
	(agli sgherri) Stringete... ma chiudetemi la bocca ch'ei non mi senta!	
	（警吏に） 締め上げなさい… でも口をふさいでおいて、 あの方があたしの声を聞かないように！	
	(sfibrata) Non resisto più!	
	（ぐったりして） もう耐えられない！	
LA FOLLA 群衆	*(con voce soffocata)* Parla! Il suo nome!	
	（ひそめた声で） 言え！ あれの名前を！	(●82)
TURANDOT トゥーランドット	Sia lasciata! Parla!	
	放してやるよう！	(●83)
	申せ！	(●84)
LIÙ リュー	Piuttosto morrò!	
	それよりいっそ死にましょう！	(●85)
TURANDOT トゥーランドット	Chi pose tanta forza nel tuo cuore?	
	いずれの者がそれほどの力、そちの心に与えた？	(●86)
LIÙ リュー	Principessa, l'amore!	
	皇女様、愛にございます！	

TURANDOT
トゥーランドット

L'amore?

愛？(○87)

LIÙ
リュー

(sollevando gli occhi pieni di tenerezza)
Tanto amore segreto, e inconfessato,
grande così che questi strazi
son dolcezze per me,

（優しさにあふれる目を上げながら）
秘められ、打ち明けられることない大きな愛、
それはとても大切で、この責め苦も
あたくしには甘美なほど、

perchè ne faccio dono
al mio Signore...

なぜならそれで贈り物ができますから、
あたくしのご主人様に…

Perchè, tacendo, io gli do
il tuo amore...

なぜなら黙せば、あたくしはかの方に差し上げられますから、
貴女様の愛を…

Te gli do, Principessa,
e perdo tutto!
Persino l'impossibile speranza!...

貴女様をかの方に差し上げ、皇女様、
あたくしはすべてを失います！
もともと叶うことない希望までも！…(●87)

Legatemi! Straziatemi!
Tormenti e spasimi date a me!
Ah! come offerta suprema del mio amore!

あたしを縛りなさい！ 拷問しなさい！
痛みと苦しみをあたしに与えなさい！
ああ！ あたしの愛のこの上ない捧げ物として！(○88)

TURANDOT
トゥーランドット

(violenta)
Strappatele il segreto!

（荒々しく）(●88)
女から秘密を引き出せ！

PING
ピン

Chiamate Pu-Tin-Pao!

プ・ティン・パーオを呼べ！

IL PRINCIPE IGNOTO 名を秘めた王子	*(scattando)* No, maledetto, maledetto!	
	(飛び上がって) よせ、罰当たりめ、呪わしい！	
LA FOLLA 群衆	*(come un urlo)* Il boia!	
	(絶叫のように) 首切り人を！	
PING ピン	Sia messa alla tortura!	
	拷問にかけられてしまえ！	
LA FOLLA 群衆	*(selvaggiamente)* Alla tortura! Sì, il boia! Parli! *(Appare il boia)*	
	(野蛮に) 拷問に！ そうだ、首切り人を！ 言え！（●89） (刑吏が現れる)	
LIÙ リュー	*(disperatamente)* Più non resisto! Ho paura di me! *(cercando d'aprirsi un varco tra la folla che la serra)* Lasciatemi passare!	
	(絶望して) もう耐えられない！ 自分がこわい！ (彼女を取り囲む群衆を掻き分けて逃げ路を開けようとしながら) あたしを通してください！	
LA FOLLA 群衆	Parla, parla!	
	言え！ 言え！	
LIÙ リュー	Sì, Principessa, ascoltami!	
	そう、皇女様、お聞きください！（●90）	
	Tu, che di gel sei cinta, da tanta fiamma vinta l'amerai anche tu!	
	氷に包まれた貴女様、 これほどの炎に負け 貴女様もあの方を愛されましょう！	

Prima di questa aurora,
io chiudo stanca gli occhi,
perchè Egli vinca ancora...

この夜明けのまえ
あたくしは疲れて目を閉じます、
あの方がまたお勝ちになるために…

Per non vederlo più!
(Prende di sorpresa un pugnale a un soldato e si trafigge a morte. Gira intorno gli occhi perduti, guarda il Principe con dolcezza suprema, va, barcollando, presso di lui e gli stramazza ai piedi, morta)

もうあの方を見ずにすむように！
(不意に一人の兵士から短剣を取り、死のうと胸に突き刺す。うつろな目をあたりに向け、この上ない優しさで王子を眺め、よろめきながら彼のそばへ行き、その足許に息絶えてばったり倒れる)

LA FOLLA
群衆

Ah! Parla! Parla! Il nome! Il nome!

ああ！ 言え！ 言え！ 名前を！ 名前を！（○89）

IL PRINCIPE IGNOTO
名を秘めた王子

Ah! Tu sei morta,
o mia piccola Liù!...
(Grande silenzio pieno di terrore)

ああ！ そなたは死んだ、（○90）
わたしの哀れなリューよ！…
(恐怖に満ちた深い沈黙)

TIMUR
ティムール

(Si accosta barcollando. Si inginocchia)
Liù!...Liù!...sorgi!

(よろめきながら近づく。跪く)（●91）
リュー！… リュー！… 起きておくれ！

È l'ora chiara d'ogni risveglio!

あらゆるものが目覚める明るい時だぞ！

È l'alba, o mia Liù...
Apri gli occhi, colomba!

夜明けだぞ、わしのリューよ…
目を開けておくれ、小鳩よ！（●92）

PING
ピン

(Va verso il vecchio Timur)
Alzati, vecchio! È morta!

(老いたティムールの方へ行く)
立ちなさい、老人よ！ 死んだのだ！

TIMUR
ティムール

(come un urlo)
Ah! delitto orrendo!
L'espieremo tutti!
L'anima offesa si vendicherà!

（絶叫のように）
ああ！ 恐ろしい罪ぞ！
我ら皆でこれを贖(あがな)うこととなろうぞ！
傷つけられた魂は復讐果たすこととなろうぞ！（●93）

LA FOLLA
群衆

Ombra dolente, non farci del male!
Ombra sdegnosa, perdona! perdona!
(Con religiosa pietà il piccolo corpo viene sollevato tra il rispetto profondo della folla)

悲しむ霊よ、我らに災、招かないでくれ！
怒れる霊よ、許してくれ！ 許してくれ！
（信心から生じる憐れみに包まれ、群衆の深い敬意がわくなか、小さな遺骸は持ち上げられる）

TIMUR
ティムール

Liù!...bontà!

リュー！… 良き乙女よ！

Liù!...dolcezza!

リュー！… 優しい乙女よ！

(Prende la piccola mano della morta)
Ah! camminiamo insieme un'altra volta,
così, con la tua man nella mia mano!

（死んだ娘の小さな手を取る）
ああ！ もう一度、ともに歩いていこう、
こうして、わしの手におまえの手をとって！

Dove vai ben so.
Ed io ti seguirò
per posare a te vicino
nella notte che non ha mattino!

おまえがどこへ行くか、よく分かっている。
なればわしはおまえについていこう、
おまえのそばで休むため、（○91）
朝になることない夜に！（○92）

PING
ピン

(con angosciosa pietà sul davanti della scena)
Ah! per la prima volta
al vedere la morte non sogghigno!

（大臣三人とも舞台前方で、悲痛な憐れみの心を込めて）
ああ！ 初めてのこと
わしは死を見てせせら笑わぬ！

PONG ポン	Svegliato s'è qui dentro il vecchio ordigno, il cuore e mi tormenta!

ここのなかで目覚めた、(●94)

古びた仕掛けが、

心が、そしてわたしを苦しめる！

PANG パン	Quella fanciulla spenta pesa sopra il mio cuor come un macigno! *(Il mesto corteo si avvia)*

あの息絶えた娘はのしかかる、

石臼のようにあたしの心に！

(悲しみに沈む行列、去っていく)

LA FOLLA 群衆	Liù, bontà, perdona! Liù, dolcezza, dormi! *(lontani)* Oblia! Liù, Poesia! *(Tutti ormai sono usciti)*

リュー、良き娘よ、許してくれ！(C 93)

リュー、優しい娘よ、眠っておくれ！

(全員、遠くなって)

忘れておくれ！ リュー、まさに詩(うた)よ！

(全員、すでに退場してしまう)

IL PRINCIPE IGNOTO 名を秘めた王子	*(Rimangono soli, l'uno di fronte all'altro, il Principe e Turandot. La Principessa, rigida, statuaria sotto l'ampio velo, non ha un gesto, non un movimento)* Principessa di morte! Principessa di gelo! Dal tuo tragico cielo scendi giù sulla terra!

(王子とトゥーランドット、二人のみ、互いに向き合って残っている。皇女は大きな薄布をかぶって彫像のように身を固くし、少しの身振りも身動きもしない)

死の皇女よ！

氷の皇女よ！

貴女のその悲惨な天上から

地上へと下りておいでなさい！

Ah! Solleva quel velo...
Guarda... guarda, crudele,
quel purissimo sangue
che fu sparso per te!
(Si precipita su di lei strappandole il velo)

ああ！　その薄絹をおまくりなさい…

目になさい… 目に、酷いお人よ、

あの清くも清い血を、

貴女ゆえ流されたあれを！

（彼女の方へ駆け寄り、薄布を剥ぎ取る）

TURANDOT
トゥーランドット

(con fermezza ieratica)
Che mai osi, straniero!
Cosa umana non sono...

（厳かな揺るぎなさで）

一体、何をしでかす、異国の者よ！

私はこの世のものでない…

Son la figlia del cielo...libera e pura.
Tu stringi il mio freddo velo,
ma l'anima è lassù!

天の乙女である… 自由にして汚れなき。

そなた、私の冷たい薄絹を抱きしめておる、

だが魂は高きにある！

IL PRINCIPE IGNOTO
名を秘めた王子

La tua anima è in alto!
Ma il tuo corpo è vicino.

貴女の魂は高みにある！（●95）

だが肉体は間近にある。

Con le mani brucianti stringerò
i lembi d'oro del tuo manto stellato...

この燃える手で摑んでさしあげよう、（○94）

星ちりばめた貴女のマントの金の裳裾を…

La mia bocca fremente
premerò su di te...

私の震える唇を

貴女に押し当ててさしあげよう…（●96）

TURANDOT
トゥーランドット

Non profanarmi!...

私を汚すでない！…（●97）

IL PRINCIPE IGNOTO
名を秘めた王子

Ah! Sentirti viva!

ああ！　血の通う貴女を感じるとは！（●98）

TURANDOT トゥーランドット	Indietro! さがれ！	

IL PRINCIPE IGNOTO 名を秘めた王子	Il gelo tuo è menzogna! 貴女の氷は偽りだ！	

TURANDOT トゥーランドット	No, mai nessun m'avrà! いいや、けして何人も私を得ぬであろう！	

IL PRINCIPE IGNOTO 名を秘めた王子	Ti voglio mia! 貴女を私のものにしたい！（○95）	

TURANDOT トゥーランドット	Dell'ava lo strazio non si rinnoverà! Ah, no! 祖先の受けた責め苦（○96） また再びとなりはしなかろう！　ああ、ならぬ！	

IL PRINCIPE IGNOTO 名を秘めた王子	Ti voglio mia! 貴女を私のものにしたい！（○97）	

TURANDOT トゥーランドット	Non mi toccar, straniero! È un sacrilegio! 私に触れるでない、異国の者よ！ それは冒瀆である！	

IL PRINCIPE IGNOTO 名を秘めた王子	No, il bacio tuo mi dà l'eternità! *(E in così dire, forte della coscienza del suo diritto e della sua passione, rovescia nelle sue braccia Turandot, e freneticamente la bacia. Turandot, sotto tanto impeto, non ha più resistenza, non ha più voce, non ha più forza, non ha più volontà. Il contatto incredibile l'ha trasfigurata)* いや、貴女の口づけは私に永遠をくださる！ （こう言いながら、自分の権利と自分の情熱に強く自信を持ってトゥーランドットを両腕に倒れ込ませ、狂おしく口づけをする。トゥーランドット、あまりの勢いのために最早言葉もなく、力もなく、意志もない。信じ難い口づけの触れ心地が彼女を一変させている）	

TURANDOT トゥーランドット	*(Con accento di supplica quasi infantile, mormora)* Che è mai di me? Perduta! （まるで子供のような哀願の口調で呟く） 一体、私に何が？（○98） もうおしまいか！	

IL PRINCIPE IGNOTO 名を秘めた王子	Mio fiore!	
	わたしの花！	
	Oh! mio fiore mattutino! Mio fiore, ti respiro! I seni tuoi di giglio, ah! treman sul mio petto!	
	ああ！　わたしの夜明けの花よ！ わたしの花よ、貴女の吐息を吸おう！ 貴女の百合の乳房が ああ！　わたしの胸の上で震えている！	
	Già ti sento mancare di dolcezza, tutta bianca nel tuo manto d'argento!	
	すでに貴女が甘美な味わいに気も失せそうなのを感じる、 銀のマントに包まれた純白の貴女が！	
TURANDOT トゥーランドット	Come vincesti?	
	なぜあなたは勝たれた？(●99)	
IL PRINCIPE IGNOTO 名を秘めた王子	Piangi?	
	泣いておいでに？(●100)	
TURANDOT トゥーランドット	È l'alba! È l'alba! Turandot tramonta!	
	夜明けです！　夜明けです！(●101) トゥーランドットは暮れてゆく！(●102)	
VOCI INTERNE 舞台裏の声	L'alba! Luce e vita! Tutto è puro! Tutto è santo! Che dolcezza nel tuo pianto!	
	夜明けが！　光と命が！(●103) 何もかも清らかだ！ 何もかも神々しい！ そうして涙なさるとなんという優しさが！	
IL PRINCIPE IGNOTO 名を秘めた王子	È l'alba! È l'alba! E amor nasce col sole!	
	夜明けだ！　夜明けだ！(●104) そして太陽とともに愛が生まれる！	
TURANDOT トゥーランドット	Che nessun mi veda...	
	何人にも私を見てほしくない…(●105)	

La mia gloria è finita!

私の栄光は終わりました！

IL PRINCIPE IGNOTO
名を秘めた王子

(con impetuoso trasporto)
No! Essa incomincia!

（熱烈な無我の境で）
違う！ それは始まるのだ！(○99)

TURANDOT
トゥーランドット

Onta su me!

私への恥辱が！(○100)

IL PRINCIPE IGNOTO
名を秘めた王子

Miracolo!

奇跡が！(○101)

La tua gloria risplende
nell'incanto del primo bacio,
del primo pianto.

貴女の栄光は輝いています、
法悦のうちに、初めての口づけの、
初めての涙の。

TURANDOT
トゥーランドット

(esaltata, travolta)
Del primo pianto...

（感情を昂らせ、動転して）
初めての涙の…

Ah...Del primo pianto, sì,
straniero, quando sei giunto,
con angoscia ho sentito
il brivido fatale di questo mal supremo.

ああ… 初めての涙の、そうです、
異国のお人よ、あなたがやってきたとき
不安のうちに私は感じました、
この上ないこの禍(わざわい)が避けられぬとのおののきを。

Quanti ho visto morire per me!
E li ho spregiati;
ma ho temuto te!

私はどれほどの者が私のために死ぬるを見たでしょう！(○102)
そしてその者たちを蔑(さげす)みました、
だがあなたは恐れました！

C'era negli occhi tuoi
la luce degli eroi!
C'era negli occhi tuoi
la superba certezza...

 あなたの目にはあったのです、
 英雄の光が！
 あなたの目にはあったのです、
 誇らしい確信が…(○103)

E t'ho odiato per quella...
E per quella t'ho amato,

 そしてそのため私はあなたを憎み…
 そのためあなたを愛しました、

tormentata e divisa
fra due terrori uguali:
vincerti o esser vinta...
E vinta son...Ah! Vinta,
più che dall'alta prova
(con voce velata)
da questa febbre che mi vien da te!

 責められ、身を裂かれながら、
 二つ、同じほどの恐怖のはざまで、
 そなたに勝つか、あるいは負けるかと…
 そして私は負けました… ああ！ 負けました、
 それも至難の謎解きより
 (かすれ声で)
 あなたから私にとどくこの熱情によって！(○104)

IL PRINCIPE IGNOTO
名を秘めた王子

Sei mia! mia!

 貴女は私のもの！ 私のものだ！

TURANDOT
トゥーランドット

Questo, questo chiedevi.
Ora lo sai.

 それを、それをあなたは求めておられた。
 だがもうお分かりのはず。

Più grande vittoria non voler...
parti, straniero...col tuo mister!

 さらに大きな勝利は望まれませぬよう…(○105)
 お去りください、異国のお人… あなたの謎とともに！

IL PRINCIPE IGNOTO 名を秘めた王子	Il mio mistero? Non ne ho più! Sei mia!	

わたしの謎？(●106)

それはもはやない！

貴女はわたしのものだ！

Tu che tremi se ti sfioro!
Tu che sbianchi se ti bacio,
puoi perdermi se vuoi.
Il mio nome e la vita insiem ti dono.
Io son Calaf, figlio di Timur!

わたしがそっと触れれば震える貴女！

わたしが口づけすれば青ざめる貴女は

望まれるならわたしを滅ぼすこともできる。

わたしの名と命、ともに貴女に捧げよう。

わたしはカラフ、ティムールの子息です！

TURANDOT トゥーランドット	So il tuo nome!

私はそちの名がわかった！(●107)(○106)

CALAF カラフ	La mia gloria è il tuo amplesso!

わたしの栄光は貴女の抱擁！

TURANDOT トゥーランドット	Odi! Squillan le trombe!

聞きなさい、ラッパが鳴り響く！

CALAF カラフ	La mia vita è il tuo bacio!

わたしの命は貴女の口づけ！

TURANDOT トゥーランドット	Ecco! È l'ora! È l'ora della prova!

さあ！いよいよ時刻ぞ！ 謎解きの時刻ぞ！(○107)

CALAF カラフ	Non la temo!

私は恐れはしない！(○108)

TURANDOT トゥーランドット	Ah! Calaf, davanti al popolo con me!

さあ！カラフ、民のまえへ私とともに！

CALAF カラフ	Hai vinto tu!

貴女は勝たれた！(○109)

(●108)(○110)

QUADRO SECONDO 第2場

L'esterno del palazzo imperiale, tutto bianco di marmi traforati, sui quali i riflessi rosei dell'aurora s'accendono come fiori. Sopra un'alta scala, al centro della scena, l'Imperatore circondato dalla corte, dai dignitari, dai sapienti, dai soldati.
Ai due lati del piazzale, in vasto semicerchio, l'enorme folla che acclama.

皇帝の居城の外側、宮殿は透かし彫りを施された大理石で全体が白く、そこへ夜明けの光のバラ色の反射が花のように照り映えている。舞台中央の高い階の上に廷臣、高官、賢者、兵士たちに取り巻かれて皇帝。
広場の両側に大きな半円状になって歓呼する大群衆。

LA FOLLA
群衆

Diecimila anni al nostro Imperatore!

我らが皇帝陛下に万年の御歳を！（●109）

TURANDOT
トゥーランドット

Padre augusto, conosco il nome
dello straniero!
(e fissando Calaf che è ai piedi della scalèa)
Il suo nome è... Amor!
(Calaf sale d'impeto la scala, e i due amanti si trovano avvinti perdutamente mentre la folla tende le braccia, getta fiori e acclama gioiosa)

父君陛下、私は存じております、（○111）
異国人の名を！（●110）
（それから階の下にいるカラフを見つめて）
このお方の名は… 愛にございます！（○112）
（カラフ、一気に階を昇り、そして二人の愛する者同士、夢中でかたく抱き合っているが、その間、群衆は腕を差し伸べ、花を投げ、喜ばしく歓呼する）

LA FOLLA
群衆

Amor!

愛と！（○113）

O sole! Vita! Eternità!
Luce del mondo e amore!
Ride e canta nel Sole
l'infinita nostra felicità!

太陽よ！ 命よ！ 永遠よ！
この世の光よ、そして愛よ！
太陽のもと、笑い、歌う、
我らの限りなき喜びが！

Gloria a te! Gloria!

貴女様に栄光あれ！ 栄光あれ！（○114）

［補１］（11ページの注２参照。対話中の（○）で記された部分）

　補１はこの巻の本文に使用したテキストと原台本の相違のうち、台詞のちがいの主だったものをあげた。
（－）の印は原台本にあって当テキスト（作曲時）でカットされた台詞を、（＋）は総譜のテキストで新たにつけられた台詞を示す。（＋）に関しては、（＋）印のみの場合、その行全体が加筆、（＋）印に言葉が付されている場合はその言葉が行中に加筆されたことを意味している。他の印のないものは変更された語を記している。

1)　（＋）

2)　　　　　さっさと！　（早く、でなく）
　　　　　　Subito!

3)　（－）　死んだのか？　眠ってるのか？
　　　　　　おまえの太刀を！　おまえの手下を！
　　　　　　出てこなけりゃ、みなでおまえの目、覚ましてやる！
　　　　　　寝床からおまえを引きずり出してやる！
　　　　　　力ずくで！　我らの手で！

　　　　　　Sei morto? Dormi?
　　　　　　La tua spada! I tuoi servi!
　　　　　　Se non appari, noi ti sveglieremo!
　　　　　　Dal letto ti trarremo!
　　　　　　A viva forza! Con le nostre mani!

4)　（＋）　痛い

5)　（＋）

6)　（＋）

7)　（－）　我らを引き裂いた　　（苦しみも）
　　　　　　(il dolor) che ci divise

8)　（－）　それで歩んだ… 夜も日も！
　　　　　　わしは疲れはて倒れた… すると女は
　　　　　　いつもわしを抱き起こし——

　　　　　　E via... notte e giorno!
　　　　　　Io cadevo affranto... E lei
　　　　　　mi sollevava——

9)　（－）　若い娘よ
　　　　　　giovinetta

10)　（－）　高貴な皮膚を
　　　　　　auguste pelli

11)　（－）　**刑吏の下役たち**

三つの謎、聞くことになる…
群衆
で、死ぬことになる！
刑吏の下役たち
いいぞ！　いいぞ！

I SERVI DEL BOIA
i tre enigmi ascolterà...
LA FOLLA
E morrà!
I SERVI DEL BOIA
Gioia! Gioia!

12) (−) **群衆**
姫様！
名を秘めた王子
ああ！出てこられよ、非情なお人よ！

LA FOLLA
Principessa!
Il PRINCIPE IGNOTO
Ah! mostrati, o crudele!

13) (+)

14) (+)

15) (+)

16) (+)　　やれやれ！

17) (+)

18) (+)

19) (+)

20) (−)　　そうして臆せず申すのか、
大膳部官に？
大宮内官に？
大尚書官に？
ピンに？パンに？ポンに？

Osan parlar così
al grande Cuciniere?
Al gran Provveditore?
Al grande Cancelliere?
A Ping? A Pang? A Pong?

21)　　　　もはやわしらに耳かさぬ、　（あの者らに、でなく）
Più non ci ascolta,

22) (−) 貴様は！
　　　　トゥーランドットを！ 貴様と同じあのすべての間抜けとともにな！
　　　　　　　　　　　　　　　　　　　（すべての間抜けのようにな、でなく）

　　　　Tu!
　　　　Turandot! con tutti quei citrulli tuoi pari!

23) (−) 神々しい美女よ！　夢よ！　奇跡よ！
　　　　O divina bellezza! O sogno! O meraviglia!

24) (−) 見るがいい！
　　　　Guarda!

25) 　　酷いぞ！　（息子よ、でなく）
　　　　Crudele!

26) 　　なれど──　（助けを！、でなく）
　　　　Ma dunque──

27) (+)

28) (+)

29) (+)

30) 　　原台本では三人の大臣の台詞

31) (−) 涙しながら
　　　　piangendo
　　　　(*) この行と次行がティムールに向けられるか、リューに向けられるか判断が難しいが、"涙しながら"があればティムールと考えるのが妥当か。なければティムールとも、また前の王子のアリアの最後の台詞からリューとも考えられる。対訳では「許し」という言葉からティムールとして訳した。

32) (−) 神の力も！
　　　　Forza divina!

33) (+)

34) (+)

35) (+)

36) (+)

37) (+)

38) (+)

39) 　　**不可思議な遠くからの声**　（合唱、でなく）

Voci misteriose e lontane

40) (－) **ティムール**（絶望的に）
それは死だ！ 死だ！
名を秘めた王子
ちがう！ 生です！
（そして自らの陶酔に浸りきって王宮の高楼を見つめながら、至高の捧げものをするかのように叫ぶ）
TIMUR *(disperatamente)*
È la morte! È la morte!
IL PRINCIPE IGNOTO
No! La vita!
(E fissando il loggiato della Reggia, travolto dalla sua estasi, come se facesse un'offerta suprema, grida)

41) 三本の巻物　（何本かの、でなく）
tre rotoli

42) 首切りの大臣に！　（首切りの大臣だ、でなく）
A ministri del boia!

43) (＋)

44) (＋)

45) それからあの回教徒は？　（ビルマ人、でなく）
E il mussulmano?

46) (＋)

47) (＋)

48) (－)　愛どころでない！
Altro che amore!

49) お年寄りで　（貫祿あって、でなく）
venerandi

50) (＋)

51) (＋)

52) 三つの謎　（謎、でなく）

53) (＋)　（前出と同じ子供の合唱の部分ぜんぶ）

54) 我が祖先中の華たるお人のその叫びは　（子々孫々を経て、でなく）
E quel grido, del fior della mia stirpe

55) (+)   今日

56)   支配下の七つの旗を結集した時のこと！　（翻した時、でなく）
         le sue sette bandiere radunò!

57)   つたなき運を試しに　（そなたらの運命を投げ出しに、でなく）
         a tentar l'inutile sorte

58) (+)

59) (+)

60) (+)

61) (−) 皇女よ
         Principessa

62) (−) 熱そのものである！
         È tutta febbre!

63) (−) **ティムール**（夢中で）
         命がかかっている！　言え！

         TIMUR *(disperatamente)*
         È per la vita! Parla!

64) (−) 勇気を、そしたら姫様に勝てるぞ！
         Coraggio e vincerai la Principessa!

65) (−) ああ！　貴女は私から逃れられぬ！　もはや逃れるわけにいかぬ！
         Ah! Non mi fuggi! Non mi fuggi più!

66) (+)

67)   陛下の独り子こそ　（陛下の子、でなく）
         Tua figlia unica

68) (−) そなた、憎悪ゆえ暗く沈む私をお望みか？
         私がそなたゆえ苦しむをお望みか？
         獲物のごとき私をお望みか？
         私が引きずられゆくのをお望みか、
         そなたの腕のなかへと ──

         Mi vuoi tu cupa d'odio?
         Vuoi ch'io sia il tuo tormento?
         Mi vuoi come una preda?
         Vuoi ch'io sia trascinata
         nelle tue braccia──

69) (−) よろしいか！　私の勝利、
         これを貴女のお足許に投げ出そう！

貴女を約束事から解き放とう、皇女よ！… そうお望みか？

Guarda! La mia vittoria
la getto ai piedi tuoi!
Ti libero dal patto, Principessa!...Lo vuoi?

70) (−) 無分別なれど心広きことよ！子息にするごとく
朕は汝に我が王宮を開く！

Incauto e generoso! Come a un figlio
t'apro la Reggia mia!

71) (−) おお、心広い！ おお心広い！ 勝ってくだされ！
あんたに命が微笑むように！
あんたに愛が微笑むように！
我らの皇帝陛下に万年の御歳を！

O generoso! O generoso! Vinci!
Ti sorrida la vita!
Ti sorrida l'amore!
Diecimila anni al nostro Imperatore!

72) 朝の光が輝けばそのときはじめて
貴女の唇にそれを告げよう、身震わせながら！…

Solo quando la luce splenderà
sulla tua bocca lo dirò, fremente!...

73) (−) **女たちの声**（声をひそめて絶望的に）
死ぬことに！…
死ななければ！…

VOCI DI DONNE (sommesse e disperate)
Morir!...
Morir!...

74) (+) 視線を下げてくだされ、私どもに！
abbassa gli occhi su noi!

75) お耳に達してか？ 触れが走り抜けまして、
北京の道という道を、そして——

Udisti? Il bando corre
per le vie di Pekino, e——

76) (−) 裸はもっと美しい…！
Più belle ignude!...

77) (+)

78) (+)

79) (−) さすれば喜びをお持ちになる、
貴方のみトゥーランドットに勝利したという！

　　　　　　　e avrai la gioia
　　　　　　　d'aver vinto, tu solo, Turandot!

80)　　　　　貴方は助かり　　（遠くへお行きください、でなく）
　　　　　　　そして我われ一同──

　　　　　　　tu sei salvo,
　　　　　　　e noi tutti──

81)　(−)　　慈悲をお持ちに！
　　　　　　　Abbi pietà!

82)　(＋)

83)　　　　　未知の名　　（未知なる者の名、でなく）
　　　　　　　il nome ignoto

84)　(＋)

85)　(＋)

86)　(−)　　いいえ、ご主人様…
　　　　　　　No, mio signore...

87)　(＋)

88)　　　　　それは、あの方へ、この上ない捧げ物になりましょう、
　　　　　　　あたしの愛の！　　（捧げ物として、でなく）

　　　　　　　Saran, per lui, l'offerta suprema
　　　　　　　del mio amore!

89)　(＋)

90)　(＋)

91)　(−)　　永遠に
　　　　　　　per sempre

92)　　　　　大いなる夜に　　（夜に、でなく）
　　　　　　　nella gran notte

93)　(＋)　　良き娘よ、

94)　　　　　触れてさしあげよう　　（摑んでさし上げよう、でなく）
　　　　　　　sfiorerò

95)　(＋)

96)　　　　　私の祖先の　　（祖先の、でなく）

　　　　　　Dell' ava mia

97)　（＋）

98)　（－）　私をどうなさろうと？…
　　　　　　なんという震え！… 何やら分からない！…
　　　　　　放してください！… いやです！…
　　　　　　　Che fai di me?...
　　　　　　　Qual brivido!... Perduta!...
　　　　　　　Lasciami!... No!...

99)　（＋）

100)　（＋）

101)　（＋）

102)　（－）　私はどれほどの者が青ざめるを見たでしょう、
　　　　　　　Quanti ho visto sbiancare,

103)　　　　　無上の確信が　（誇らしい確信が、でなく）
　　　　　　　suprema certezza

104)　　　　　この恐ろしくも甘い炎によって　（熱情によって、でなく）
　　　　　　　da questo foco terribile e soave

105)　（－）　さらに私を辱しめてくださいますな！…
　　　　　　こうした栄光を誇りとし
　　　　　　お去りください——

　　　　　　　Non umiliarmi più!...
　　　　　　　Di tanta gloria altero
　　　　　　　parti——

106)　（－）　こうなれば私はそちの運命の専決者！…
　　　　　　カラフ（夢心地になり、興奮に酔って）
　　　　　　わたしに命が何あろう！
　　　　　　死もまた美しい！
　　　　　　トゥーランドット（熱い激しさをつのらせて）
　　　　　　もはや民の叫びを許さぬ！… 嘲りも！…
　　　　　　もはや恥辱受けず、うつむくこともない、
　　　　　　再び冠いただく私の額は！…
　　　　　　私はそちの名を知っておる！… そちの名を！…
　　　　　　私の栄光は再び輝く！

　　　　　　　Arbitra sono ormai del tuo destino!...
　　　　　　　CALAF (trasognato, in esaltazione ebbra)
　　　　　　　Che m'importa la vita!
　　　　　　　È pur bella la morte!
　　　　　　　TURANDOT (con crescente febbrile impeto)

```
        Non più il grido del popolo!...Lo scherno!...
        Non più umiliata e prona
        la mia fronte ricinta di corona!...
        So il tuo nome!...Il tuo nome!...
        La mia gloria risplende!
```

107) 夜明けぞ！夜明けぞ！　（いよいよ時刻ぞ、でなく）
　　　 È l'alba! È l'alba!

108) (－) このように死ぬのは甘美だ！…
　　　 トゥーランドット
　　　 空に光がさしている！
　　　 星々は沈んだ！　なれば勝利！…
　　　 民が王宮につめかけている。
　　　 して、私はそちの名を知っておる！…　そちの名を知っておる！
　　　 カラフ
　　　 貴女の名がわたしの最後の愛の叫びとなろう！
　　　 トゥーランドット（まさに皇女らしく身を聳やかしながら）
　　　 我が手にそちの命を握っておる！

```
        Dolce morir così!...
        TURANDOT
        Nel cielo è luce!
        Tramontaron le stelle! E la vittoria!...
        Il popolo s'addensa nella Reggia.
        E so il tuo nome!... So il tuo nome!
        CALAF
        Il tuo sarà l'ultimo mio grido d'amore!
        TURANDOT (ergendosi tutta, regalmente dominatrice)
        Tengo nella mia mano la tua vita!
```

109) (＋)

110) (－) 神々しいお人よ！
　　　 この朝の光のなかに
　　　 何たる甘美さが放たれることか、
　　　 この中国の楽園から！…

```
        O Divina!
        Nella luce mattutina
        che dolcezza si sprigiona
        dai giardini della Cina!... (＊)
```

　　　（＊）本文では"中国"を"China"と表記しているが、ここに見るように原台本では
　　　　　"Cina"とイタリア語表記になっている。

111) (－) 今や私は――
　　　 ora――

112) (－) **カラフ**（常軌を超えた声で）
　　　 愛と！…

CALAF *(con un grido folle)*
Amor!...

113) (＋)

114) (－) 太陽よ！ 命よ！ 永遠よ！
この世の光は愛だ…
この愛だ！
貴女様の名は、姫様、光…
そして春…
姫様！
栄光を！ 愛を！

O sole! Vita! Eternità!
Luce del mondo è Amore...
È l'Amor!
Il tuo nome, o Principessa, è Luce...
È Primavera...
Principessa!
Gloria! Amor!

[補2] （11ページの注2参照。対訳中の（●）で記された部分）

　補2は原台本にあってこの巻の本文に使用したテキストでカットされたト書きの主なものをあげている。煩雑になるのを避けて、ここでは訳文のみとした。

1)　（衛士たち、群衆に躍りかかり、彼らを押し戻す。騒ぎのなか、多くの人が転ぶ。怖がって後退りする人々の混乱した大きな叫びがあがる。転んだ者たちの中に老いたティムールがいる。若いリュー、群衆の押し合いから彼を庇おうとするができない）

2)　（倒れていた男を抱きしめ、愛撫し、一方リューは後退りしながら叫ぶ）

3)　（苦悶と感動が高まる中で）

4)　（我に返って目を開き、助けてくれた男をじっと見、起こった事実がほとんど信じられずに彼に向かって叫ぶ）

5)　（それからリューに手伝わせてティムールを脇へ引きずっていくが、終始、彼を労り、愛撫し、途切れがちの声で、そして涙しながら）

6)　（彼らはその間に斜堤のそばに群がり、今度は残忍さに酔った叫び声をあげる）

7)　（城壁のてっぺんに、血に染まった汚らしいボロをまとった異様に無気味な刑吏の下役たちが大太刀を引きずりながら姿を現し、それを巨大な砥石で研ぐ。ティムールは地面に伏したまま彼の上に身を屈めている息子に小声で言う）

8)　（感激して娘を見つめながら）

9)　（うっとり嬉しそうに）

10)　（二人の下役、刃を拭うと、それを目も眩む勢いで回る砥石にかけ、耳障りな音をたてる。さらに火花が飛び散り、作業は下卑た唄を伴って残忍に活気づいていくが、群衆はその唄に声を合わせる）

11)　（下品に高笑いしながら）

12)　（喜びの声をあげて）

13)　（遠景の金色が銀の鈍い色に変わっている。月の冷ややかな白い光が斜堤と町の上に広がる。城門の上に黒い長衣を着た衛士たちが現れる。悲しげな弔歌があたりに広がる。唄を歌う子供たちの一団を先頭にして行列が進んでくる）

14)　（刑吏の下役が進んできて、弔いの供物を持った僧たちがそれに続く。そのあとに役人や他の高官たち。最後にまだほとんどあどけない、実に美しいペルシャの王子が現れる。白い首をあらわにしてうつろな目つきで芒然と夢見るように進んでくるその生贄を見ると、群衆の残忍さは何とも言えぬ同情へと変わる。ペルシャの年若い王子がまだ舞台上にいる間に、陰惨で、巨人のような体格の並外れて大きい刑吏が肩に巨大な大太刀を担いで現れる）

15) （しかし名を秘めた王子の叫びは彼の口中で途切れ、それは天子の居城の高楼の高みにトゥーランドットが現れたためである。月の光が彼女を照らす。皇女はほとんど現世の女でなく、まるで幻のように見える。彼女の威圧的な態度と誇り高い目差しはあっという間に見事に騒ぎを制してしまう。群衆、顔を地面にすりつけて平伏す。ペルシャの王子、刑吏、名を秘めた王子は立ちつくす）

16) （そして目が眩んで手で顔を覆う。短い沈黙。トゥーランドット、何かを命ずる仕種をし、それが処刑の申し渡しとなる。刑吏、頷いて頭を下げる。悲しげな弔歌がまた始まる。行列が動き出し、城壁をのぼり、斜堤の向こう側へ消え、群衆はそれに続く）

17) （行列の声、消えていく。トゥーランドットは最早その場にいない。人気のない広場の薄暗がりにティムール、リュー、名を秘めた王子だけが残る。王子、思いがけずに美女を目にしたことでまるで抗しがたく自らの運命に釘付けされたかのように、ずっと身動きせず、恍惚としている）

18) （身を振りほどくと神秘的な光に輝く銅鑼の方へ勢いよく走っていき、叫ぶ）

19) （死んでいくペルシャの年若い王子の最後の叫び声である。次いで鈍い一撃の音。続いて短い、熱風のように凄まじい群衆の悲鳴。名を秘めた王子、一瞬ひるむ。それからまた妄念が彼をとらえる。銅鑼は変わらず煌々と光っている）

20) （そして銅鑼に突進する。しかし突然、謎の三つの影が彼と輝く銅鑼の間に割って入る。それは奇怪な面をつけた皇帝の三人の大臣、ピン、パン、ポンで、それぞれに大尚書官、大宮内官、大膳部官である。名を秘めた王子、後退りし、ティムールとリュー、物陰でこわごわ抱き合う。銅鑼は暗く陰ってしまう）

21) （わずかの間、王子を放っておいたのに気づいたため、急に心配になって）

22) （互いに、彼を指差しながら大笑いして）

23) （脇に離れ、リューに）

24) （名を秘めた王子、最早ほとんど反発する力がない。ちょうどそこへ何か不可解な叫び声が、声というより声のような物音が聞こえ、斜堤の闇に広がる。それからあちこちに初めはやっと見極められるくらいに、その後次第にいっそう徴かに、青白く光る亡霊が現れる。それは痛ましい試練に破れて命を落としたトゥーランドットの恋慕者である）

25) （名を秘めた王子の回りを足早に動き回りながら）

26) （三人が同時に斜堤のてっぺんの方へ人差し指を向けると、そこにちょうどそのとき巨体の刑吏が現れ、ペルシャの王子の切り落とされた頭を竿に刺す）

27) （するとティムール、必死の勢いで息子にすがりついて叫ぶ）

28) （ティムールに）

29) （名を秘めた王子に）

30) （王子にすがりつきながら）

31) （老人に手を貸し、何とか王子を引きずっていこうとしながら）

32) （名を秘めた王子、銅鑼に向かって駆け寄る。槌（つち）を握る。正気を失ったかのように三回、銅鑼を叩き、願いを込めてトゥーランドットの名を呼ぶ）

33) （恐れおののいた三人の大臣は高く両腕をあげ、叫びながら逃げる）

34) （ポン、パン、再び腰を下ろす）

35) （三人の召使に合図をし、彼らは角燈を集める）

36) （極めて足早に退場）

37) （様々な高官の到着を評して）

38) （ゆっくりと、か細く、遠いところからのような声で）

39) （王宮から華やかな女たちの行列が現れ、階（きざはし）に沿って並ぶ。トゥーランドットの侍女たちである。あたり全体が静まる中、役人が進み出て言葉を発する）

40) （役人が引き下がるとすぐ、トゥーランドット、玉座の前へ行って立つ。極めて美しく平然とした姫は非常に冷ややかな目で王子を眺め、王子の方は最初眩しさに目をくらませるが、次第に自己を取り戻し、官能に燃えて彼女を見つめる。ティムールとリュー、王子から目も心もそらすことができない。荘重な静けさの中でトゥーランドットが口を開く）

41) （短い沈黙）

42) （急に確信をもって）

43) （それから再びそろって座る。群衆の間に驚きのざわめきが走るが、すぐさま高官の一人の合図によって静められる）

44) （非常に険しい目差しで眼球を動かす。冷ややかな笑いを浮かべる。本来の誇り高い傲慢さを取り戻す。口を開く）

45) （それから王子を魅惑し幻惑しようとするかのように、階の中程まで足早に下りる。そこから第二の謎を出題する）

46) （王子、躊躇（ためら）う。トゥーランドットの目差しが怯えているように見える。王子、懸命になる。答えは見つからない。皇女は勝利の表情を浮かべる）

47) （すすり泣いて）

48) （苦悶に歪んでいた表情を急に変える。そしてトゥーランドットに向かって叫ぶ）

49) （喜んでどっと叫びをあげて）

50) （鞭で打たれたように身を固くして、衛士に）

51) （こう言いながら早くも階を駆け降りる。王子、跪く。すると皇女は彼の上に身を屈め、荒々しく、言葉を一音一音はっきり切りながら、ほとんど口が彼の顔につくようにして三番目の謎を告げる）

52) （打ちひしがれて両手の間に頭を垂れてしまっている。しかしそれは一瞬のこと。喜びのきらめきが彼を照らす。誇りと力にあふれ堂々として躍り上がる。叫ぶ）

53) （トゥーランドット、よろめき、後退りし、怒りと苦悩のために石と化したように階の下で不動のまま立ちつくす）

54) （すっくと立ち上がりながら）

55) （極めて大胆な激しさで）

56) （ほとんど恐怖に近い一同の驚きの動き。トゥーランドット、真っ青になり王子の方へ身を乗り出し、王子は言葉を続ける）

57) （固唾を飲んで皆が待ち受けるなか、トゥーランドットは頷きながら頭を垂れる。すると老いた皇帝が立ち上がり、悲嘆に感情を昂ぶらせて言葉を発する）

58) （絶望的に）

59) （それから乙女たちの薄衣を剥ぎ取りながら）

60) （抗う仕種とともに叫ぶ）

61) （たたみかけて）

62) （三人の仮面の男、それらの宝を眩しげな王子の目の前で光らせる）

63) （焦燥を募らせて彼に近づきながら）

64) （すると三人の大臣たち、夢中になって王子の回りにすり寄る）

65) （恐怖に青ざめ、皆で代わる代わるに）

66) （すると人群れはまったく自制を失い、王子を取り囲んで凶暴に怒鳴り散らす）

67) （自暴自棄になり猛り狂う人々の輪の中に追いつめられた王子に、高く威嚇の短剣が振りかざされる。と、突然、庭の方から騒がしい叫び声が聞こえ、全員、立ちすくむ）

68) （群衆は期待に駆られて静まり返る）

69) （だがピンは二人が何者か見て取り、狂喜して言い返す）

70) （王子はそれまで感情を表さないように自制していたが、残忍な嘲りと脅しを耳にした今、激しい抵抗の態度をとる。しかしトゥーランドットは威圧と皮肉に満ちた目差しで彼を制止する）

71) （ティムールの方へ向きながら、非常に厳しく命令して）

72) （平然と、ほとんど無関心な態度で待つ。しかし老人は黙している。苦痛から気力も失せ、老いの白髪を振りみだし、顔面青く、汚れ、痣をつくり、無言で目を見開いたまま望みのない哀願の表情で皇女を見る）

73) （激怒して大臣たちに）

74) （ティムールが再び摑まえられると王子は彼を庇うために前へ躍り出ようとするが、彼が身を動かす間もなく、リュー、トゥーランドットの方へ進み出て叫ぶ）

75) （リューに乱暴な叱責をあびせて）

76) （限りない優しさで王子を見つめ、それからトゥーランドットの方へ向いて）

77) （自分たちの希望が消え去るのを見て、叫びながらリューの方へどっと押し寄せる）

78) （リューの上に屈み込んで）

79) （穏やかに懇願して）

80) （激怒して）

81) （リューは悲鳴をあげる。するとそこでティムールはぎょっとしてそれまでの恐怖の沈黙を破る）

82) （猛り狂って）

83) （警吏に）

84) （リューに）

85) （園亭の階段の側らに困憊して倒れる）

86) （リューをじっと見つめ、不可思議の理由を探るかのように）

87) （警吏たちに振り向いて）

88) （一瞬、リューの言葉に戸惑い、幻惑されるが、すぐに大臣たちに命じる）

89) （その時、巨体のプ・ティン・パーオが下役と舞台奥にじっと、凄まじい姿でいるのが見える）

90) （絶望して、トゥーランドットのそばへ走り寄りながら）

91) （恐怖に満ちた沈黙となる。トゥーランドット、地面に横たわったリューを見つめ、それから怒りに満ちた態度で彼女のそばにいる首切り人の下役の一人から鞭をひったくり、それでリューに短剣を奪われた兵士の顔をまともに打ちつける。兵士は顔を覆うと群衆の間に後退りする。王子は解き放たれる。その時、老いたティムールが狂ったように立ち上がる。よろめきながら小さな遺骸に近づく。跪いて口を開く）

92) （全員に憐憫、動揺、後悔の気持ちがわく。トゥーランドットの顔に苦渋の表情がよぎる。ピン、それに気づき、老人を遠ざけるために荒々しく彼の方へ行く。しかし彼のそばに寄るといつもの残忍さが失われ、冷酷な調子は和らげられる）

93) （すると迷信からくる恐怖が群衆を捕える。それは死んだ娘が非道な仕打ちの犠牲であるため悪霊になり、俗信に言われるように吸血蝙蝠に姿を変えるのではないかという恐怖である。二人の侍女が銀糸で刺繍した薄布でトゥーランドットの顔を覆う間、群衆は懇願するように言葉を発する）

94) （自分の胸に触れながら）

95) （一瞬、幻惑されてしまい、後退りする。しかし自らを取り戻す。そして熱っぽい大胆さで叫ぶ）

96) （両腕を差し伸べてトゥーランドットの方へ勢いよく駆け寄る）

97) （動揺し、怯え、凄まじく威圧的に身を引きながら）

98) （熱狂的に）

99) （涙に濡れた目をして）

100) （恍惚とした優しさを込めて）

101) （身震いしながら）

102) （そしてほとんど声にならずに）

103) （するとその時、最後の闇がすでに消える気配を見せる庭のしじまの中に低い声が微かにわきあがり、この世のものでないかのように広がる）

104) （並外れた熱情を込めて）

105) （そして諦めからくる穏やかさで）

106) （熱くも激しい衝動に駆られて）

107) （不意に思いがけなく秘密が明かされたことで、一度にまた彼女の残酷傲慢な心が激しく目覚めたかのように）

108) （舞台奥へ向かう。ラッパが一層高らかに鳴り響く。今や空はすっかり光にあふれている。人々の声がずんずん近くなって広がってくる）

109) （トゥーランドットが階を昇る間、三人の大臣が金のマントを階に広げる。突然、静寂となる。その静寂の中で皇女が声高に宣する）

110) （ついに屈して、非常に優しいほとんど吐息のような声で囁く）

訳者あとがき

　新しいオペラ台本対訳ライブラリーの企画のお話を伺ってから一年半ほどが過ぎるでしょうか。その中のイタリア語台本の訳を私にとのこと、まさに浅学菲才の身にあまることと恐れながらも、心を励まし努めたいとお返事をしました。しかし多くのオペラについて、特にレコードの解説書で、すでに他の方々のお力が発揮された対訳があることに思いがおよびました。すると、私が、今、新たな対訳をする意味はと悩まねばなりませんでした。そんなことで時間がたち、担当の音楽之友社の藤本氏にご迷惑をかけることになりました。

　悩んだ末に私がたどりついた結論は、対訳という性質上、原文にあくまで忠実に、原文の意味に何も加えず、引かず、原文の各行ごとにそれに対応する日本語を対置する作業を試みようということでした。それによって作曲家が原語の歌詞に付した音楽を聴きながら、あるいは原語のテキストを追いながら、原語の意味をそのまま日本語で知ることができると考えたのでした。オペラの台本は、それ自体が作品ではなく、作曲家によって言葉に音を与えられて存在意義を持つわけです。とすると、オペラの歌詞を作品全体として、あるいはあるまとまった部分として意味を知るだけでなく、作曲家が一つ一つの言葉にどんな音を付したか意識して聴いてみるのも興味深いのではないでしょうか。そのためには原語と日本語の位置のずれのない対訳が役立つと思います。

　ここで問題は訳語の読みづらさです。言語体系の異なるイタリア語と日本語のあいだでまったくの逐語的変換をするのはなかなか困難で、またそこに出てくる訳語は、日本語として不自然で、煩わしく、意味がとりにくくなってしまいます。この対訳は分かりにくいと、読者の方にお叱りをいただくかと思います。しかし翻訳としてでなく、音楽に従いながらその箇所の本来の意味をそのまま日本語で知ることをめざすものということでご理解をいただければ幸いです。そしてこの対訳が最終点なのではなく、できれば読者の方々がここからそれぞれの解釈をほどこされたそれぞれの美しい日本語のお訳をなどと思っています。私自身も、もう少し感情を込め、解釈を加えた自分のための一篇をと考えています。

　このシリーズのイタリア語台本の最初はプッチーニの「トゥーランドット」となりました。読者の方々もご存じでしょうが、「トゥーランドット」の原作はベネツィア人のカルロ・ゴッツィ（1720-1806）です。しかしG.アダミとR.シモーネによるプッチーニのオペラ台本はゴッツィの原作ではなく、ドイツで成功をおさめたシラーの戯曲のドイツ語台本をA.マッフェイがイタリア語に再訳したものによっています。原作のゴッツィの「トゥーランドット」は、作品発表当時において必ずしもオリジナルな物語ではなく、同じような筋立てのものは様々な土地の様々な物語にあったようです。ゴッツィの原作とシラーの戯曲とプッチーニのオ

ペラの比較は、評論家の高崎保男氏のレコード解説等に懇切な説明があるため、純然たる対訳に徹するこの巻では省かせていただくことにしました。

　プッチーニと台本作家のあいだには、「トゥーランドット」においてもまた葛藤があったようです。台本作家は彼らなりのリブレットを出版していますが、それはプッチーニのスコアのものとは台詞でもト書きでもかなりの差違があります。本巻ではリコルディ社版の「トゥーランドット」のスコアに対訳を付しましたが、注にも記したように台本作家による台詞とト書きを知ることも興味深く思われます。そこで台詞、ト書きと少々煩雑ではありますが、それぞれ別々に補足を添えました。解釈の参考にしていただければ幸いです。

　今シリーズの特徴であるブロック分けについては、音楽に焦点をおくか歌詞を重視するか、また個々の指揮者や歌手によるフレジングの違い、重唱部分の中に単独の旋律がまざる場合があるなど、どう分けるか非常に判断の難しい点がありました。最終的にはこのオペラ対訳ライブラリーの「実際にオペラを聴きながら原文と訳文を同時に追うことが可能な行数」という主旨に従い、明確な基準によるのでなく、聴き取りやすく読み取りやすいと思われるところで処理をしました。

　重唱の部分は、それを示す線引きで表記することにしましたが、丹念にスコアを検討すると、同じ歌詞の重唱でも、一部分あるいは一語、歌わない人物がいたり、一人のみ歌うなどのケースが見られます。そうした例で、正確さを求めるならその部分を重唱から分けなければなりませんが、読み継ぐうえであまりに煩わしく思われ、重唱の線でつないだままにしました。ご了承いただければ幸いです。

　今シリーズのイタリア語の作品については、高崎保男氏に助言やお教えを受けられることになりました。この「トゥーランドット」では、スコアと原台本とどちらを対訳の基底にすべきかで、スコアを、そして原台本を補足にとのご指導をいただきました。その他にも貴重なご意見を賜りました。伏して感謝申し上げます。また対訳の作業中、語学上の疑問が少なからずありました。それに懇切に答えてくださったのは、ラテン語にも造詣の深いマルコ・ビオンディ氏です。氏の助けなしにはいくつかの語、表現への不安は解消しませんでした。ありがとうございました。

　対訳の完成まで私を支えてくださった先の藤本氏、私の我侭をご寛恕くださったやはり音楽之友社の石川勝氏、そして編集の労をとってくださり、仕事を投げ出しそうになる私を励ましてくださった池野孝男氏に心からお礼をもうしあげます。

　対訳には自分なりの注意を捧げたつもりですが、いたらぬ身のこと、不備、間違いなどありましたらお教えいただきたく、読者の皆様にお願いいたします。

2001年1月15日　対訳者

訳者紹介

小瀬村幸子（こせむら・さちこ）

東京外国語大学イタリア科卒業。同大学教務補佐官、桐朋学園大学音楽学部講師、昭和音楽大学教授を歴任。訳書に、R.アッレーグリ『スカラ座の名歌手たち』、C.フェラーリ『美の女神イサドラ・ダンカン』、R.アッレーグリ『真実のマリア・カラス』など。イタリア語・フランス語オペラ台本翻訳、オペラ字幕多数。

オペラ対訳ライブラリー
プッチーニ トゥーランドット

2001年3月5日　第1刷発行	
2025年2月28日　第15刷発行	訳　　者　小瀬村幸子
	発 行 者　時 枝　　正

東京都新宿区神楽坂6-30
発 行 所　株式会社 音楽之友社
電話　03(3235)2111㈹
振替　00170-4-196250
郵便番号　162-8716
印刷　星野精版印刷
製本　誠幸堂

Printed in Japan　　　　　　　　　装丁　柳川貴代
乱丁・落丁本はお取替えいたします。

ISBN 978-4-276-35555-2 C1073

この著作物の全部または一部を権利者に無断で複製(コピー)することは、著作権の侵害にあたり、著作権法により罰せられます。

Japanese translation©2001 by Sachiko KOSEMURA

オペラ対訳ライブラリー(既刊)

ワーグナー	《トリスタンとイゾルデ》 高辻知義=訳	35551-4
ビゼー	《カルメン》 安藤元雄=訳	35552-1
モーツァルト	《魔笛》 荒井秀直=訳	35553-8
R.シュトラウス	《ばらの騎士》 田辺秀樹=訳	35554-5
プッチーニ	《トゥーランドット》 小瀬村幸子=訳	35555-2
ヴェルディ	《リゴレット》 小瀬村幸子=訳	35556-9
ワーグナー	《ニュルンベルクのマイスタージンガー》 高辻知義=訳	35557-6
ベートーヴェン	《フィデリオ》 荒井秀直=訳	35559-0
ヴェルディ	《イル・トロヴァトーレ》 小瀬村幸子=訳	35560-6
ワーグナー	《ニーベルングの指環》(上) 《ラインの黄金》・《ヴァルキューレ》 高辻知義=訳	35561-3
ワーグナー	《ニーベルングの指環》(下) 《ジークフリート》・《神々の黄昏》 高辻知義=訳	35563-7
プッチーニ	《蝶々夫人》 戸口幸策=訳	35564-4
モーツァルト	《ドン・ジョヴァンニ》 小瀬村幸子=訳	35565-1
ワーグナー	《タンホイザー》 高辻知義=訳	35566-8
プッチーニ	《トスカ》 坂本鉄男=訳	35567-5
ヴェルディ	《椿姫》 坂本鉄男=訳	35568-2
ロッシーニ	《セビリャの理髪師》 坂本鉄男=訳	35569-9
プッチーニ	《ラ・ボエーム》 小瀬村幸子=訳	35570-5
ヴェルディ	《アイーダ》 小瀬村幸子=訳	35571-2
ドニゼッティ	《ランメルモールのルチーア》 坂本鉄男=訳	35572-9
ドニゼッティ	《愛の妙薬》 坂本鉄男=訳	35573-6
マスカーニ レオンカヴァッロ	《カヴァレリア・ルスティカーナ》 《道化師》 小瀬村幸子=訳	35574-3
ワーグナー	《ローエングリン》 高辻知義=訳	35575-0
ヴェルディ	《オテッロ》 小瀬村幸子=訳	35576-7
ワーグナー	《パルジファル》 高辻知義=訳	35577-4
ヴェルディ	《ファルスタッフ》 小瀬村幸子=訳	35578-1
ヨハン・シュトラウスⅡ	《こうもり》 田辺秀樹=訳	35579-8
ワーグナー	《さまよえるオランダ人》 高辻知義=訳	35580-4
モーツァルト	《フィガロの結婚》改訂新版 小瀬村幸子=訳	35581-1
モーツァルト	《コシ・ファン・トゥッテ》改訂新版 小瀬村幸子=訳	35582-8

※各品番はISBNの978-4-276-を略して表示しています